ステリ文庫
49〉

冷たい銃声

ロバート・B・パーカー
菊池 光訳

早川書房
6478

COLD SERVICE

by

Robert B. Parker

Translated by
Mitsu Kikuchi
Published 2009 in Japan by
HAYAKAWA PUBLISHING, INC.
This book is published in Japan by
arrangement with
THE HELEN BRANN AGENCY, INC.
through TUTTLE-MORI AGENCY, INC., TOKYO.

ジョウンに捧げる
共にはるばる

復讐は、冷たく供するのが最良の料理だ

冷たい銃声

登場人物

スペンサー……………………………私立探偵
ホーク…………………………………スペンサーの相棒
スーザン………………………………スペンサーの恋人
セシル…………………………………ホークの恋人
ルーサー・ギレスピイ………………賭け屋
トニイ・マーカス……………………ギャングのボス
ジョリーン……………………………トニイの娘
ブロック・リンボウ…………………ジョリーンの夫
レナード………………………………トニイの補佐役
ジュニア
タイ・ボップ……………………………トニイの手下
ブーツ・ポドラック…………………マーシュポートの市長
ボーダン・ジウバケヴィッチ
ファデュシュカ・バディルカ
ヴァンコ・チクリンスキイ
リアクサンドロ・
　　プロホロヴィッチ
ダニルコ・レフコヴィッチ……ウクライナ人
ヘンリイ・シモリ……………………ヘルス・クラブのオーナー
リタ・フィオーレ……………………弁護士
ヴィニイ・モリス……………………ホークの仲間。ガンマン
マーティン・クワーク………………ボストン警察の警部
ヒーリイ………………………………州警察の警部
ネイザン・エプスタイン……………ＦＢＩ特別捜査官
アイヴズ………………………………ＣＩＡのエージェント
灰色の男《グレイ・マン》………………………………ガンマン

1

事は私抜きで始まった。

「ルーサー・ギレスピイという賭け屋が俺を傭った」ホークが言った。「ウクライナ人のギャングが彼の縄張りを奪おうとした」

「ウクライナ人ギャング?」私が言った。

「母国では状況が困難になった。自由に息ができる場所を求めてここに来た」

「ルーサーは断った?」

「そうだ。連中は、彼が再考するのに二十四時間の猶予を与えた。それで彼は、命を護ってもらうためにおれを傭った」

制服の上にやや派手な花柄のスモックを着た半白の上品な看護婦が病室に入って来て、ホークに繋いであるモニターの一つを調べた。頷いて点滴の管を軽く叩き、また頷いてホークに微笑した。

「なにか必要な物がありますか？」彼女が言った。

「ほとんどすべての物」ホークが言った。「しかし、今はない」

看護婦が頷いて出て行った。窓を通してハンコック・タワーの鏡のような表面に西日が反射しているのが見える。

「想像するに、それがうまくいかなかった」私が言った。

「おれたちがシーヴァー通りの彼の家に向かっていると、誰かが、通りの向かいの窓から口径の大きなライフルでおれの背中を三発撃った。腕のいい射手で、三発ともおれの肩胛骨の間に集中していた。背骨を外れ、心臓を外れ、それ以外のところはほとんどすべて掘り返した」

「心臓はあまり驚かない」私が言った、「非常に小さいことを考えれば」

「おれのことであまり感傷的にならないでくれ」ホークが言った。「目が覚めると、おれはこの広い個室にいて、お前が椅子に坐ってトーマス・フリードマンの本を読んでいた」

「『グラウンドゼロ』だ」

「結構。おれはどうしてこの部屋に入れたのだ？」

「知り合いがいるのだ」私が言った。

「おれが倒れると、連中はルーサーの後を追い、彼と妻と、三人の子供のうちの二人を殺した。いちばん下の子は託児所にいた」

「見せしめだ」私が言った。「次の男のために、連中は派手にやった」

ホークが頷いた。

「いちばん下の子供はどこにいるのだ？」

「祖母と一緒だ」ホークが言った。「みんなの話では、おれは死なないということだ」

「そう聞いている」

厳しいことが話し合われていて、言葉にならない部分もある。

「おれは、連中が誰で、どこにいるか、知りたい」ホークが言った。

私は頷いた。

「それに、彼らが犯人であることを知りたい。そうだろう、と思うのではなく、知りたい」

「いつここを出るのだ？」私が言った。

「ことによると、来週」

「早すぎる。たとえおれたちが、誰で、どこにいるか知ったところで、お前は準備ができていない」

「遅かれ早かれ、おれは準備ができる」

「そうだな」私が言った。「それはたしかだ」

「それに、準備ができたら、おれは判る」

「そして、お前が準備ができたら、おれたちは行く」

私たちは、マサチューセッツ総合病院《MGH》にあるフィリップス・ハウスの二十二階にいた。私たちがいるところから見えるのは、西日に輝くハンコック・タワーだけだ。ホークはしばらくタワーを見ていた。顔に表情はなかった。目になにも浮かんでいなかった。

「そうだな」彼が言った。声に抑揚がなかった。「おれたちは行く」

2

私は、ほとんど毎日立ち寄ってホークを見舞った。ある日、私が行くと、彼の部屋の外の廊下でジュニアとタイ・ボップがぶらぶらしているのが見えた。二人とも黒人だ。ジュニアはほとんど廊下をふさいでいる。幸い、タイ・ボップは体重が百三十ポンドくらいなので、通り抜ける余地があった。私は二人に心のこもった笑みを送った。ジュニアは頷いた。タイ・ボップは私を無視した。彼はサンゴヘビのような目をしている。悪意、関心、愛情、あるいは知り合いであることなど、まったく表れていない。人間性がまったく見られない。じっと立っていてさえ、いらいらして今にもはじけそうだ。その階や、ナース・ステイションの者は誰も二人に近づこうとはしない。

「トニイは中か？」私がジュニアに言った。

彼が頷いたので入って行った。トニイ・マーカスがベッド脇に立ってホークと話をしていた。トニイのスーツは私の車より金がかかったにちがいない。それに、彼は、穏やかな感じの好男子だ。しかし、それは見かけだけだ。トニイに穏やかな点はまったくない。彼はマサチューセッツ州東部の黒人犯罪をすべて取り仕切っているし、穏やかな性格の人間はそんなことはしない。私が入ってゆくとトニイが顔を上げた。

「これは、これは、ホーク」トニイが言った。「人々がお前の尻を吹っ飛ばすのも無理はないな。彼が友人とあれば」

「ヘロー、トニイ」私が言った。

「スペンサー」彼が言った。

「トニイとおれは、例のウクライナ人の脅威について、話をしていたんだ」ホークが言った。

「連中はこの国に来て」トニイが言った、「足がかりを探し、アメリカでは、黒人になにが起きようとあまり気にしないのを見て、我々の縄張りに入り込んでくる」

「名前は判っているのか？」私が言った。

「まだ判らない」トニイが言った。「しかし、おれは同じ人種の人々を護るつもりだ」

「トニイは今日はアル・シャープトンになってるんだ」ホークが言った。

「お前は人種的な誇りはないのか、ホーク？」トニイが言った。

ホークがなにも言わないでトニイを見た。彼は三カ所に銃創を負い、まだろくに立つこともできないが、その表情の厳しさにトニイ・マーカスは思わずたじろいだ。

「失礼した」トニイが言った。「今のは撤回だ」

「よし」ホークが言った。

「おれはホークに言ってるんだ、おれのほうの者を二人ほどここに入れさせるべきだ、彼を護るために、と。彼が十分回復するまで」

「誰も最後までやる理由はない」ホークが言った。「連中は計画通りにやったんだ」

「おれはその考えが正しいと思う」私が言った。

トニイが肩をすぼめた。

「それに」ホークが言った。「ヴィニイが顔を出してる。スーザンが来た。驚いたことに、リー・ファレル、クワーク、ベルソンが来た。おれの傷を心配して、きれいな女性たちが絶えず出入りしている。おまけに、ロスのあのチカーノの拳銃男が電話をかけて来た」

「チョヨ？」私が言った。

「そうだ。おれが助っ人が必要なら東部に来る、と言っている」

「それで判っただろう」私が言った。「温かく陽気な魅力を発揮していると、友情と人気のお返しが来る、とおれが言っていたのが」

「そうに違いない」ホークが言った。

「ま、いいだろう」トニイ・マーカスが言った、「おれは監督しなければならない巨大な犯罪事業を抱えている。これで帰る。なにか必要になったら、ホーク、おれに声をかけてくれ」

ホークが頷いた。

「おれに代わって、タイ・ボップに、さよなら、と言っておいてくれ」私が言った。

「入って来る時に、彼はお前に嚙みつこうとしたか？」トニイが言った。

「いや」

「判ったか」トニイが言った。「彼はお前が好きなんだ」

トニイが帰った後、私は一時間ほどホークと一緒にいた。たまに話をした。しかし、二人とも黙っている時間が多かった。どちらも、黙っていることは苦にならない。私はハンコック・タワーを眺め、ホークは目を閉じて横になっていた。私は大人になって以来の全人生をホークと付き合っていて、たとえ静養中とはいえ、危険な感じを与えない彼は初めてだった。今、彼を見ていると、ただ静かな感じだけだった。帰る時間になると、私は立ち上がった。

「ホーク」私が低い声で言った。

彼は目を開けなかった。

「なんだ？」彼が言った。

「帰らなければならない」

「頼みがある」彼が目を閉じたまま言った。

「いいよ」

「おれの代わりに一杯飲んでくれ」彼が言った。

「場合によっては二杯」

ホークは目を閉じたままかすかに頷いた。

私はしばらく彼の肩に手を置き、手を引っ込めて帰った。

3

　私は自分のオフィスでコーヒーを飲みながら、インターネットでウクライナを調べていた。私がインターネットで調べたたいがいのことと同様に、見た目より内容は少なかった。それでも、ウクライナは、以前はソビエト連邦の共和国の一つで、今は独立していることを知った。それに、〈カルトピア〉はウクライナ語でポテトのことだと知った。そのまま続ければウクライナのポルノ・サイトが見つかるのは判っていた。しかし、紙袋を持ったマーティン・クワークがオフィスに入って来て、その労を免れた。

「カルトピアがウクライナ語でポテトの意味だと知っていたか？」私が言った。

「知らなかった」クワークが言った。「それに、知りたくもない」

　私はファイル・キャビネットの上のミスタ・コーヒーを指差した。

「昨日の淹れたてだ。よかったらどうぞ」

　クワークがコーヒーを注いだ。

「その袋にドーナッツが入っているのか？」私が言った。

「オートミール・メイプル・スコーンだ」クワークが言った。

「スコーン？」

「そうだ」

「ドーナッツはないのか？」

「おれは警部だ。たまには格上げしたくなる」

「ドーナッツからどうやって格上げするのだ？」

クワークが二人の間の机に袋を置いた。私は肩をすぼめてスコーンを取った。

「体力を維持しなければならない」私が言った。

クワークは私の机の縁に両足をのせてスコーンを食べ、コーヒーを飲んだ。

「二日前」クワークが言った、「風紀係の刑事二人が、ロックスベリのある居酒屋を調べていた、そこが麻薬と売春婦の双方かどちらか一方の配給元だと信じる理由があったのだ」

オートミール・メイプル・スコーンは、ドーナッツ以外の物としてはさして悪くなかった。窓から見える限りのバック・ベイは、まさに本物の灰色の十一月の景色で、まだ降っていない雨が間近であることをはっきり示している。

「そこで、風紀係の二人がビールをちびちび飲んでいた。そして、周りに注意を払っていると、白人が二人入って来て、奥の部屋に向かった。部屋で二人だけの白人であることはべつにして、その二人はなにかうさんくさい点があるので、風紀係の一人が立って、奥の部屋のすぐ隣にあるトイレに行った」

クワークは世間話をしに来たのではない。なにか私に話すことがあって、いずれその話になる。私はまたスコーンを食べた。オートミールの部分はたぶん健康にたいへんいいのだろう。

「トイレの男がなにか気になる音を聞き、出て来て相棒にどなり、二人がバッジを付け、拳銃を抜いて奥の部屋に入って行った。居酒屋の主人は喉を切られていた。二人の白人は部屋から出ようとしていた。一人は出たが、風紀係がもう一人の男を取り押さえた」

「居酒屋の主人は？」私が言った。

「二人が行く前に死んでいた。首がちぎれそうになっていた」

「それで、あんたたちが取り押さえた男は？」

「文句なしだ。その間抜けな野郎は、被害者の血にまみれたナイフをベルトに差してまだ持っていた。ボウイー・ナイフのように大きくて、高価なもので、おれが思うに、奴は置いて行きたくなかったのだろう。それに、彼のシャツ一面に被害者の血が付いていた。検死官の話では、あのように切られると、とかく血が噴き出るものだそうだ。それで、おれたちは彼を署へ連れて来て締め上げた。彼は英語がかなり上手だ。彼の弁護士がいて、サフォーク郡の検事補二人がおれたちと一緒におり、しばらくたつと、彼は自分の立場の困難さに気が付いた。おれたちと取引ができるなら、相棒の名前を教えられるし、取引の内容が満足のいくものなら、シーヴァー通りの一家を射殺した連中の名前を教えることができる、と言った」

私は、とつぜん、自分の息遣いを意識した。

「話してくれ」私が言った。

「おれはその時、その場にいて、『ギレスピイという名前の一家か』と訊いた。彼は、一家の名前は知らないが、シーヴァー通りにあって、十月の末だ、と言った。もちろん、それが正しい。そこで、おれが、『ボディガードを撃ったライフルの男はどうだ』と言った。すると、彼は、『判ってる』と言った」

「彼はウクライナ人なのか？」

「そうだと言っている」

「名前はなんというのだ？」

「ボーダンなんとかだ。控えておいたが、いずれにしても発音はできない」

「彼はほかの名前も言ったのか？」

「言った。彼の弁護士は終始彼と争った。しかし、ボーダンはこの件で自分一人が罰せられるつもりはなく、弁護士が彼を黙らせようとしているのに喋った」

「その弁護士は彼を護ろうとしていた、と思うか？」私が言った。

「彼ではない」

「ボーダンはギャングの一味だな」私が言った。

「そうらしい」

「それに、彼の弁護士はたぶんギャング専属の弁護士だ」

「そうらしい」

「それで、あんたは、ほかの連中も逮捕したのか？」

クワークが微笑した。

「全部で五人だ」彼が言った。

「ボーダンを含めて？」

「彼を含めて」

「彼らは全員ウクライナ人なのか？」

「そうだと思う。ボーダンを除いて、全員が、英語は判らない、と言い張るし、ウクライナ語の通訳はなかなか見つからない。彼らの権利を読み聞かせるのに、ハーヴァードの教授かなにか呼んでこなければならなかった」

「ことによると、彼をつねに雇っておくべきかもしれないな」

「忙しすぎる」クワークが言った。「彼は本を仕上げようとしている……」クワークが小さな手帳を出して開き、読んだ。「……キリル語民族物語の進化」

私は頷いた。

「それだとたしかに忙しいな」私が言った。「スコーンをもう一つもらっていいか?」

クワークが袋を私のほうへ押し出した。

「これでホークが喜ぶと思うか?」

「なんとも言えない」

「彼は自分の手でやりたがっていた、と思うか?」

「それもなんとも言えない」私が言った。「ホークは時に予測するのが困難な場合がある」

「まったくだな」クワークが言った。

4

木曜日の午後、暗くなるくらいのおそい時間に、雨が強く降っている中、私は、フォア・シーズンズのバーでセシルと一杯飲むためにボイルストン通りを下っていた。私たちは、反対側にパブリック・ガーデンズがあるボイルストン通りが見渡せる窓際に坐っていた。セシルは、短いスカートの赤のウール・スーツを着て、同じ身なりをした場合のスーザンに劣らないくらい美しかった。大勢の人々が私たちを見ていた。

「きみと話をするよう、ホークに頼まれたのだ」私が言った。

彼女が頷いた。

「彼の状況を知っているな?」

彼女がまた頷いた。ウエイターが私たちの注文を取りに来た。セシルはコスモポリタンにした。私はジョニー・ウォーカーの青ラベルのソーダ割を頼んだ。ボイルストン通りは車が多く、チャールズ通りの信号で渋滞している。歩行者は少なかった。しかし、興味を抱くほどの人通りがあって、襟を立て、帽子を引き下げ、背中を丸めて傘を差している。

「私、彼の外科医を知ってるの」セシルが言った。「ハーヴァード医学部で一緒だった」

「それで、彼が状況を話してくれたのだな？」

「そう」セシルがかすかに笑みを浮かべて言った。「彼は、もちろん、患者の秘密を尊重してる……でも、私はかなり状況を知ってるわ」

「ホークはおれからきみに説明してもらいたがっている」

「なにを？」

「彼のことを」

「ホークはあなたに彼のことを私に説明してもらいたがっているの？」

「そうだ」

セシルは、両手をテイブルに置いて椅子に寄りかかり、私を見ていた。ウエイターが飲み物を運んで来て嬉しそうにテイブルに置き、戻って行った。セシルは自分の飲み物を一口飲んで置き、微笑した。

「とにかく」彼女が言った、「あなたに頼むほど彼が気にしているのを喜ぶべきだ……と思う」

「それが妥当な反応だな」私が言った。

「私は、彼をよく知っている、場合によってはあなたが知らない点まで知っていることが可能だ、と考えることもできた」セシルが言った。「だいたい、あなたは白人なのよ」

「それが、考え得るべつの反応だ」

セシルはまたコスモポリタンを飲んだ。私はスコッチを飲んだ。

「あなたはどれくらいの年月ホークを知ってるの？」

「成人して以来ずっと」

「彼と会った時はいくつだったの？」

「十七」

「驚いたわね」セシルが言った。「あなたたちのどちらも、今現在のあなたたち以外の人間であったことを想像するのは困難だわ」

「ホークは、なぜきみに見舞いに来てもらいたくないか、きみに理解してもらいたがっているのだ」

「彼は説明する必要はないわ」

「彼は、日頃の彼と、えー……まったく違うところをきみに見られたくないのだ」

セシルが頷いた。指でグラスの脚をゆっくりと回しながら、自分の飲み物をじっと見ていた。

「私は胸部外科医なの」彼女が言った。「私は、黒人で女性の胸部外科医。私と同じような人が何人いるか、あなたに想像がつく？」

「きみはおれが知っている唯一の黒人女性外科医だ」

「外科はいまだに主として男がやることなの。かりにあなたが女性で外科医になりたかったら、タフでなければならない。かりにあなたが黒人女性で外科をやりたかったら……」

彼女がまた少し酒を飲んだ。

「私は」彼女が言った、「男に自分を護ってもらう必要はない。私には、傷つくことのない男は必要ないの」

「そう」私が言った。「ホークはそのことを知っていると思う」

彼女がすっと眉を上げた。

「しかし、彼は、そうである必要がある。きみのためではない。彼のために」

「それは子供っぽいわ」

「彼はそのことを知っている」

「彼は変わることができるわ」

「彼は変わりたくないのだ。それが彼の中心点なのだ。彼は、自分がなりたい人間でいる。彼はそのようにして世界に対処してきたのだ」

「その世界というのは、人種差別の婉曲的な表現なの？」

「人種差別、冷酷、孤独、絶望……世界に対する婉曲的表現だ」

「ということは、彼は人を愛することができない、という意味？」

「判らない。彼は憎むことをしないようだ」

「高価な代償だわ」

「そうだ」

「私は黒人よ」

「だからといって、きみはホークとそっくり、ということにはならない」

「私の場合は、そのように高価な代償を払う必要がないわ」

「きみはホークとそっくりではない」

「あなただってそうじゃないわ」

「そう。おれもそうじゃない」

「だから、あなたはなにを言いたいの？」

「おれが言っているのは、彼は、もとのホークに戻るまできみに会えない、ということだ。彼のホークに。それに、おれからきみに説明してもらいたがるほど、きみのことを心に掛けている」

「あなたが十分説明してくれたとは思えないわ」

「そう。おれも、十分説明したかどうか、自信がない」

「あなたは、あのように傷付いたことあるの？」

「ある」

「一人になりたかった？」

「スーザンとホークがそばにいてくれた。しかし、一連の状況は違っていた」

ウエイターが問いかけるようにのんびりとそばを通った。私が頷いた。彼が立ち止まった。私は二人の飲み物のお代わりを注文した。セシルはしばらく窓の外を眺めていた。

「あなたは彼女を愛している」セシルが言った。

「そうだ」

「あなたは彼女にそばにいてもらいたくない、という状況がある？」

セシルがまた微笑した。

「あなたが彼女を裏切っている場合はどうなの？」

「おれはそんなことはしない」

「一度もしたことがない？」

「ある」

「でも、あなたは二度とやらない」

「そうだ」

「彼女があなたを裏切ったことは？」

「ある」

「しかし、彼女は二度としない」

「そうだ」

セシルがユーモアのかけらもない笑みを浮かべた。

「それは誰もが言うことではないの？」

「そうだ」

私はスコッチを一口飲んだ。雨が窓を流れ落ち、通りが光っている。スコッチの味がとてもよかった。

「私に反論する気はないのね？」

「誰もが言うことについて？」

「そう」

「その気はない」私が言った。

セシルはしばらく私をじっと見ていた。

「あなたは、私が思っていたより、彼に似てるわ」彼女が言った。

「ホークに？」

彼女が頷いた。

「私は、彼が自己弁護したり、言い訳をするのを、一度も聞いたことがない」彼女が言った。「彼は、自分の中に籠もって、癪に障るほど充足していて、ただそこにいるだけだわ」

それについては言うべきことがあまりなかった。セシルはコスモポリタンを飲み干した。

「それに、白人であることを除いて、あなたは癪に障るほど彼とそっくりだと思う」

「いや。おれはそうじゃない」

彼女は、ロゼッタ石を見るような感じで、私の顔を見回していた。

「スーザン」彼女が言った。「あなたはスーザンが必要なのね」

「そうだ」

「とにかく、彼は私を必要としない」

「彼がそうであるか、ないか、おれには判らない」私が言った。「しかし、今きみに会いたくないのは、そのどちらをも実証していない」

「彼は、今私が必要でなかったら、いつ必要なの?」

「ことによると、必要、というのは、愛の必要条件ではないかもしれない」

「あなたにとっては必要であるように思えるわ」

「ことによると、それがおれの弱点であるかもしれない」

「弱点でないかもしれない」彼女が言った。

「ことによると、無限の数の天使が、針の先でバランスをとることができるかもしれない」

彼女が頷いた。ウエイターが彼女の飲み物を持って来た。

「私たち、少々抽象論に入ってるわ」

「彼がきみを愛しているかどうか、おれは知らない」私が言った。「それに、きみが彼を愛しているかどうか、知らない。さらに、きみたちが一緒に夕日に向かって歩いて行くかどうか、そうすべきなのか、そうしたがっているのか、おれは知らない。しかし、きみがホークを知る限り、彼は今の彼であり続ける。傷付いていることを除けば、今の彼が彼なのだ」

「それで、傷付いていることは、彼という人間の一部ではない？」彼女が言った。

私はにやっと笑った。

「少なくとも、それは異常だな」

「だから、私は彼と一緒にいるのであれば、今の彼を彼として受け入れなければならない」

「そうだ」

「彼は変わらない」

「そうだ」

「それで、とにかく、彼はなになの？」セシルが言った。

私はまたにやっと笑った。

「ホーク」

セシルは、飲み物を一口含んで目を閉じ、首を後ろに倒してゆっくりと飲んだ。目を閉じ、首を後ろに倒し、そのまましばらく坐っていた。そのうちに、体を起こして目を開いた。

「これ以上考えないわ」彼女が言った。

彼女が私のほうへグラスを持ち上げた。私は、自分のグラスの縁で彼女のグラスの縁に触れた。満足すべき音がした。二人とも微笑した。

「ありがとう」彼女が言った。

「役に立ったかどうか、あまり自信はない」

「役に立ったかもしれない」彼女が言った。

5

ホークと私は、ボウドン・スクエアの裏にあるサフォーク郡地方検察局事務所での、検事補との会合に出席した。私が駐車したワン・ブルフィンチ・プレイスの消火栓からさして離れてはいなかったが、ホークは途中で立ち止まって呼吸を整えなければならなかった。

「血球測定値が元に戻ってくれるとありがたい」

「おれもそうだ」私が言った。「しょっちゅうお前を待つのにうんざりしてるんだ」

彼はいかにも弱々しそうだった。体重が減ったが、もともと失うべき体重がなかったので、筋組織が激減している。いまだに、銃弾が食い込んだ個所を護るかのようにわずかに前屈みになって歩いているように見える。それに、小さくなったような感じだ。

会議室は二階だった——正面で窓が三つあるために、かつてのボウドン・スクエア電話局の建物の裏が見える。クワークはすでに来ていて、サフォーク郡地方検事補の、私が以前に一度会ったことのあるマージイ・コリンズという五十前後の女性と一緒にテイブルに着いていた。

「ホーク」クワークが言った。「お前はおれより弱々しく見えるぞ」

「そうだが、おれのほうはもっとよくなるんだ」ホークが言った。

クワークが微笑してマージィを紹介してくれたが、彼女は以前に一度私に会っているのを覚えていないようだった。マージィは、肉付きのいい、いまだに体調がよさそうな金髪の相変わらず魅力的な女性なので、彼女が忘れているのはいささか残念だった。

「私たちの目撃証人はすっかり怖じ気づいてしまったわ」私たちが席に着くとマージィが言った。

「法廷に立って、警察に強制された、と言ったのだ」クワークが言った。「被告たちは知らないし、彼らが犯した犯罪についてはなにも知らない。彼が我々の唯一の証人だった。判事は無罪を言い渡したのだ」

ホークは黙っていた。見た限りでは、今の話を聞いていないようだった。

「連中はどうやって彼に近づいたのだ?」私が言った。

「我々は彼をクイーンズ・インに入れていた」クワークが言った。「ブライトンだ。刑事が二人、絶えず付き添っていた。入った者は一人もおらず。出た者もいない」

「彼の弁護士たちはべつにして」マージィが言った。

「ビンゴ」私が言った。

「そうなの。立証はできない。しかし、最初に彼を放り込んだ時、彼の弁護士たちは徹底的に私たちに楯突いたわ」

「今、弁護士たち、と言ったのかな？」私が言った。

「そう」マージィが言った。「二人目は実際は代理人だった。私たち、調べたの。しかし、伝言を持ち込んだのが彼であることはまず間違いないわ」

「なんとかいう男は、取引を覆したことでなにを得るのだ」

「ボーダン」クワークが言った。

「彼は終身刑になるわ」マージィが言った。

「そのほうが、一味が彼に提案したのより明らかにいい条件だった」私が言った。

「明らかに」マージィが言った。

彼女がホークを見た。

「申し訳ない」彼女が言った。「なんとしても喋らせることができなかったの」

ホークが穏やかな笑みを浮かべた。

「どうということはない」彼が言った。

「少なくとも、あなたを撃った男は刑に服するわ」

「そうかもしれない」

「約束するわ」マージィが言った。

「彼はさして長くは入っていない」

クワークは窓から外を見て、興味があるかのように建物の裏側をじっと見ていた。

「連中は拘置所内で彼を殺すはずだ」ホークが言った。「彼がそこまでもてば。彼は一度連中を密告している。連中は危険を冒さない」

マージイがクワークを見た。クワークが頷いた。

「おれもそう思う」クワークが言った。

マージイが私を見た。

「それで、今度の件で、あなたの役割はなになの？」彼女が言った。

「息抜き場面創出」

「それ以外に」

「おれの友人はよろめくんだ。おれは彼の腕をつかんでいなければならない」

「私、あなたとはどこかで会ったことないかしら？」

「十五年ほど前、おれはあんたを夢中にした、撃ち合いを含む保険詐欺事件で」

「ああ。あの時ね。それを、私を夢中にした、と覚えてるの？」

「おれは疑問の余地がないことしか口にしない質なのだ」

マージイがゆっくりと頷いた。今度はホークを見た。

「あなたのことは聞いてるわ」彼女が言った。「あなたは自分のやり方でこの問題に対処したがるかもしれない」

ホークが微笑した。

「それに、あなたを非難するとは言えない。しかし、かりにあなたがそうして、私たちがあなたを逮捕した場合、同情はするけど、私はあなたを刑務所に送り込むべく最善を尽くす」

「みんなそうだ」ホークが言った。

「それまでの間、私たちはこの事件を追及する」マージィが言った。「これは恐ろしい犯罪だわ。でも、正直に言って、私は楽観はしていない。私たちが手中にしていたのは証人だった」

「しかし、今はいない」ホークが言った。

「しかし、今はいない」マージィが言った。

「それに、彼らは無罪になった」

「そう」

「それに、〝二重の危険（同一の犯罪について、二重に訴追される危険）〟が適用される」

「そう」

ホークがゆっくり立ち上がった。私も一緒に立った。

「連中が彼を殺した時」ホークが言った。「ことによると、あんたたちはそれで連中を捕まえることができるかもしれない」

「私たちはそれを予防するよう努めるわ」マージイが言った。

「無理だな」ホークが言った。

彼は、片手で椅子の背当てをつかみ、ゆっくりとドアのほうを向いた。

「遅かれ早かれ、私たちはなにかで彼らを捕まえるわ」マージイが言った。「あの連中は常習的な犯罪者だわ。変わる可能性はないわ」

「時間を割いてくれてありがとう」ホークが言った。

「一緒にコーヒーを飲もう」クワークが言った。「マージイ、後で話し合おう」

彼女が頷き、私たち三人は部屋を出た。ゆっくりと。

6

私たちはケンブリッジ通りのコーヒー・ショップへゆっくり歩いて行った。ホークが歩くと言うより足を引きずっているのにクワークが気づいたとしても、彼はなにも言わなかった。

「もうジムに戻ったのか？」と言っただけだった。

「いいや」ホークが言った。「しかし、自分で歯を磨き始めたんだ」

「物事は一歩、一歩だ」クワークが言った。

私たちはコーヒーを取った。クワークがブリーフケースから分厚いマニラ封筒を取り出してテイブルに置いた。

「おれがお前たちより先に帰って、これを忘れ、テイブルに置いたままにしていたら、直ちにおれに返してもらいたい。おれはほかに二部しかない。それに、いかなる状況の下においても、封筒を開いて中身を読むようなことはしないでもらいたい」

「おれの友達のボーダンはどこにいるんだ？」ホークが言った。

「拘置所で裁判を待っている」クワークが言った。

「サフォーク郡？」ホークが言った。

「そうだ」

「彼は裁判までもつと思うか？」ホークが言った。

「彼はそう思っている」クワークが言った。「彼は、ほかのウクライナ人たちとなにもかもうまくいっている、と思っている」

「彼はべつにしてあるのか？」私が言った。

「そうだ」

ホークが嘲るような低い声を発した。

「絶対に裁判には出ないよ」ホークが言った。

クワークは肩をすぼめた。

「そうなると、大いに残念だな」クワークが言った。

「ほかの連中について、なにが判っているのだ？」私が言った。

「詳細は、もちろん、秘密の警察業務だ、だからおれはこの封筒に入れて安全に封をしているんだ。おれたちは、組織犯罪担当課、ＦＢＩ、移民局と連絡を取っている。ウクライナ人ギャングであるのは判っている。ということは、何人かの非常に悪い連中を相手にしている。ロシア人ですら、ウクライナ人を怖がっているんだ」

「彼らは母国からまっすぐ来たのか？」私が言った。

クワークが首を振った。

「おれたちは、ブルックリンから来た、と考えている。連中は、ここの、小人数のウクライナ人居住区があるノース・ショアのマーシュポートに本拠を置いている」

私は頷いた。

「連中は入って来て、小さく始める。ここの賭け屋、あそこの私設馬券屋の縄張りを乗っ取る。たいがいは小物の黒人犯罪だ。彼らは、黒人はいちばん力が弱いという想定に基づいてやっている」

クワークがホークを見てにやっと笑った。

「という考え方は、お前の様子から判断すると、当面は正しいかもしれない」

「楽しめる間に大いに楽しむことだ、白人」

「おい」クワークが言った。「おれは警察の警部だぞ」

「そうだな、たしかに。楽しめる間に楽しむことだ、白人警部さん」

「とにかく、連中は、間もなく黒人犯罪を全部乗っ取って、アジア人に手を着け始める。そういった状況が続く。彼らは、時には、市を相手にする場合がある。連中はたぶんマーシュポートを手中にしているのだろう。連中が大都市を狙うのは、ブルックリン以来、ボストンが初めてだろう」

「連中はブルックリンを支配していないよ」私が言った。

「誰もしていない」クワークが言った。「しかし、彼らは一部を支配している」

「ドジャーズが他所へ移らなかったら、こんなことになっていないはずだ」私が言った。

二人がしばらく黙って私を見ていた。そのうちにクワークが首を振った。

「仕事に戻らなければならない」彼が言った。

彼が立ち上がった。

「おれたちは、なにかで捕まえるまで彼らを追うつもりだ」彼が言った。「しかし、誰かが先に行き着いたら……」

クワークが肩をすぼめた。

「その時は、哀れなお巡りはどうすればいいのだ?」彼は言って、向き直り、コーヒー・ショップの表のドアから出て行った。彼がいなくなると、私はマニラ封筒を取り上げた。

「ヘイ」私が低い声で言った、「あんた、封筒を忘れたよ」

7

私のアパートメントの窓の外が暗くなり始めていた。ホークは私の寝室のベッドで寝ていた。ブルフィンチ・プレイスへの往復で体力を使い果たしたのだ。ホークはよく眠る。私はソファを使っている。ソファで十分間に合う。天井の照明をつけてキッチン・カウンターに坐り、クワークの大きな封筒の中身を前に広げていた。五人の顔写真と逮捕歴がある。

ボーダン・ジウバケヴィッチ
ファデュシュカ・バディルカ
ヴァンコ・チクリンスキイ
リアクサンドロ・プロホロヴィッチ
ダニルコ・レフコヴィッチ

五人とも出身地はオデッサだ。五人とも合法的な入国証明書を持っている。ウクライナ警察に追われている者はいない。彼らは歩兵だ。ウクライナ、ポーランド、ロシア、ルーマニア、ニューヨーク、ニューブリテン、ボストンで暴行、強要、組織的犯罪での逮捕歴がある。長期入獄を課せられた者は一人もいない。たぶん、証人を見つけるのが困難だったのだろう。男たちはみんな三十五歳から四十五歳の間で、厳しい中欧人の顔をしている。彼らの目は恐ろしい出来事を見ている。私はしばらくその名前を眺め、記憶しないことにした。あの顔を忘れることができるかどうか、自信がなかった。

六時二十分前頃に、スーザンが私の部屋の錠を開け、大きなショッピング・バッグを二つ持って入って来た。地味な仕事着姿で――グレイのスーツ、黒のスエター、透明なマニキュア、控えめな化粧をしている。

「患者がアイライナーに見惚れていると、精神分析をするのが困難なの」

仕事から来た時の彼女は美しく、物静かだ。時には仕事からでなく来ることがある。その時の彼女は美しく、きらびやかだ。床にバッグをおいてそばに来ると、私に接吻した。

「彼はどう?」彼女が訊いた。

「眠っている」

「疲れている彼を想像するのは困難だわ」

彼女はカウンターに広げてある写真を見た。

「この恐ろしい男たちは何者なの？」

「ウクライナ人ギャングだ。疲れていない時にホークが探す男たちだ」

「怖い」スーザンが言った。「バッグを手伝ってくれない？」

私は、写真と書類を封筒に戻し、それをしまうと、ショッピング・バッグを二つ持ち上げてカウンターに置いた。

「オレンジ・ウオッカを一杯もらえない？」

「薄めない」私が言った。「氷なし」

「オレンジのスライスを入れて」

「きみのような飲み方、食べ方をする者はほかに知らないな」

「温かいオレンジ・ウオッカが好きなの」

「まさにそれを言っているのだ」

彼女がバッグの中身を出している間に、私は彼女の飲み物を作った。パン、チーズ、コールド・チキン、フルーツ、リースリング二本。温かいウオッカを渡すと、ちびちび飲みながら、彼女が言い張って私に買わせた上等の皿二枚に食べ物を並べた。

「彼は食べたり飲んだりできるの？」スーザンが言った。

「許されてはいる」私が言った。「しかし、彼はそういう物にまだあまり関心がない」

彼女が頷いた。私は自分用に丈の高いグラスに氷をたくさん入れたスコッチのソーダ割を作った。私たちはカウンターに坐ってお互いの飲み物を飲んだ。

「あなたはソファで寝るの？」スーザンが言った。

「そうだ」

「私の記憶は正しいかしら？」スーザンが言った。「私たちが初めて愛を交わしたのは、あのソファの上だったかしら？」

「そうだと思う」私が言った。「少なくとも、始めたのはあそこだ。その後、きみが拍手喝采したのを覚えている」

「ほんとに？」

「きみは、おれは持続性のすばらしさで賞をもらうべきだ、と言った」

「そんなことを言わなかったのは、まず間違いないわ」

「あの時、なんと言ったのだ？」

「『二度と私に触らないで、この無骨者』と言ったような気がする」

「そうかもしれない。しかし、本気で言ったわけではない」

ホークが、裸足にジーンズ、Tシャツを着て寝室から出て来た。洗った顔がまだ濡れていた。

「私たち、起こしてしまったの？」スーザンが言った。

「一日に二十時間くらい眠っている」ホークが言った。「なんであれ、起こしてくれるものはありがたい」

「なにか食べられる?」

「なにかを少し飲む程度だ。あんたはなにを飲んでるんだ?」

「オレンジ・ウオッカ」スーザンが言った。「なにも混ぜないでオレンジ・スライス入り」

「なにも混ぜない?」

「そう」

「温かいオレンジ・ウオッカ?」

「そう」

「驚いたな」

彼が私の飲み物を見た。

「それを一杯くれ」

一杯作ってやると、カウンターの腰掛けにそっと坐った。

「ソファのほうが楽かしら?」スーザンが言った。

「立つのが困難すぎる」

「私たちが手を貸すわ」

ホークが怖い目つきで彼女を見た。

「あるいは、そうしなくても」スーザンが言った。

ホークが飲み物を軽く一口飲んだ。酒が下って行く間、自分の体に耳を澄ませているようだった。

「大丈夫か？」私が言った。

ホークが頷いた。

「かなりいい」彼が言った。

スーザンが皿からブドウを二つ取って食べ、ウオッカを少し飲んだ。ホークが身震いした。

「遅かれ早かれ、完全に回復するわね」スーザンが言った。

「する」

「で、その次は？」

ホークに〈その次は？〉と言う者はあまりいない。しかし、スーザンはそれが言える一人だ。私が脇に置いたマニラ封筒をホークが見た。彼が肩をすぼめた。

「いつも通りのビジネス」彼が言った。

「その男たちを見つけるのね」

「そうだ」

「あなたは彼らを殺す」

「ボーダンはおれたちの準備が整うはるか以前に死んでいる」

「五人」

「四人だ」ホークが言った。

「そうだ」

スーザンが私のほうへ首を傾けた。

「彼に手伝ってもらうのね」

「彼次第だ」ホークが言った。

「彼が四人の人を殺すのを手伝うつもり?」スーザンが私に言った。

「おれは、彼が連中を見つけるのを手伝い、彼が殺されないよう手を貸す。彼は、殺す人間を殺す」私が言った。

「それは、かなり微妙な一線じゃない?」

「非常に微妙だ」私が言った。「しかし、一線であることに変わりはない」

スーザンが頷いた。

「それが気になっているのか?」ホークが言った。

「そう。非常に気になってるわ」

「彼はやる必要はないのだ」

「いいえ」スーザンが言った。「あるわ」

彼女は、片手に温かいウオッカ、もう一方に緑色のブドウを持ったままホークを見ていた。両方とも忘れているのが、私には判っていた。

「彼はどうしてもやらなければならない」彼女が言った。

私たちは黙っていた。私は彼女の腿に手を置いて軽く叩いた。彼女は期待を裏切ったことがない。つねに判っている。

「まだしばらくは起きない」ホークが言った。

スーザンはブドウを食べ、ウオッカを一口飲んだ。

「判ってるわ」彼女が明るい声で言った。「チキン、食べる？」

8

ホークはまだ走るところまではいっていない。しかし、かなりの距離を歩くことができる。というわけで、感謝祭の前の週、私たちはパールと一緒に、私の住まいの裏にある川の畔を歩いていた。実際には、ホークと私が歩いていた。パールは、なにかを追っかけたり、食べたり、嗅いだり、吠えつく物を探して走り回っていた。

「お前と同じだ」私が言った。「黒く、つやつやしていて、エネルギイに溢れている」

「おれはいまだに黒く、つやつやしてる」ホークが言った。

川が凍結するにはまだ気温が高く、寒気が長続きしないために、灰色の川面に小さな白い波頭が立っている。

「三つのうちの二つだ」私が言った。

私たちは多くの人を追い越すわけではないが、ホークはもはや前屈みになっておらず、足の悪い老人のような歩き方をしていない。

「血球数が少しずつ上がっている」私が言った。

「のんびりした野郎だ」ホークが言った。

光を反射する素材を使用したタイツにウールのハットを耳の上まで引き下ろした若い女性が二人、そばを走り抜けて行った。二人が通りがかりにホークをちらっと見た。

「あれはいい徴候だ」私が言った。

「彼女たちが立ち止まらなくて幸いだった」ホークが言った。「おれとしては一分ほど猥褻な話をするのが精一杯だ」

パールがゴミ箱のそばで古いフレンチ・フライを見つけた。誇らしげに食べると、やって来て後ろ足で立ち、私にかすかに油のにおいのするキスをした。

「追いつめて食べた」ホークが言った。「その犬は獰猛だ」

「遺伝子に入っているのだ」

真昼だった。川の両岸の交通量は少ない。太陽が南の空で私たちのほとんど真上にいた。青白い冬の太陽で、ほとんど熱を発散していない。しかし、陽気な気分になるのに十分だった。

「クワークから電話があった」私が言った。「ボーダンがやられた」

「結構」ホークが言った。

「連中は、弁護士に会うために、彼を監房から面会所に連れて行くところだった。看守が二人。連中はほかの囚人を運動場から中に移していた。彼らはすれちがった。一分ほどちょっとした混雑があった」

「それで、誰かが彼をナイフで刺した」ホークが言った。

「喉を」

「それで、誰もなにも見ていない」

「いきなり大量の血が飛び、ボーダンが倒れていた。それに、お前の言う通りだ。誰もなにも見ていない」

「彼が供述内容を変える前、同じ弁護士が彼に会いに来たのか？」

「クワークは、そうだと言っている」

「間抜けな外国人の集まりが、かなりのところまで手が及ぶんだな」ホークが言った。

「連中は、運動が終わる時間を知っていた。だから、いつ通路が混み合うか知っていた。そして、そこに一人用意しておいて、ボーダンの喉を切ることができた」

「それに、連中は、どの看守がその場にいる予定か、知っていた」ホークが言った。「看守たちが協力するのを知っていた」

「まさか、番人たちが、時には、番をされる人間に劣らず堕落しやすい、という皮肉なことを言っているんじゃないだろうな？」

「刑務所は独特の場所なんだ。他所で人がどのような生き方をしているか、ということとはまったく繋がりがない。刑務所にいる人間はみんな囚人なんだ。違うのは、看守はたんに夕方家に帰ることだけだ」

「とにかく」私が言った、「おれたちはとくに驚いているわけではない」

「そうだ」

「これで、残りは四人になったな」

「ボーダンが本当のことを言っていたのであれば」

「自分が取引をするのに、友人について嘘を言う代わりに？」

「当節、人を信用するのは困難だ」

「そういうことであれば」私が言った、「連中は、信用できないから彼を殺したのではなく、彼が仲間に濡れ衣を着せたために殺したのかもしれない」

「それを知る必要がある」ホークが言った。

「とにかく、おれたちはリストを持っている」

「そして、それを慎重に調べる」ホークが言った。

9

スーザンは、感謝祭のパンプキン・パイをつくるのに、二日間の大半を過ごした。明らかに彼女の疲労が激しいので、私は料理の残りを作ることに同意し、感謝祭の朝九時に始めた。スーザンはキッチン・テイブルに坐ってコーヒーを飲んでいた。

「あなたが無理矢理私に要求しなかったら」スーザンが言った、「準備をはるかに早く始められたはずだわ」

「判っている」私は言った。「しかし、夕食後だったら、おれは腹が一杯すぎて、無理矢理きみに要求することはできなかったはずだ」

「よかった」スーザンが言った。「これで、私、気が楽になったわ」

私はその小さな七面鳥をさっと水洗いし、布巾で軽く叩いて水気を取り終えた。

「リンゴとオニオンと刻んだソーセジで詰め物の支度をしてくれないか?」

「いいわよ」

私もコーヒーを注ぎ、一口飲んだ。

「もう一度、私のパイを見たい？」スーザンが言った。

「今なんと言ったのだ？」

「あのパンプキン・パイ」

彼女が立って冷蔵庫に行き、ドアを開けた。パンプキン・パイが一番上の棚にのっていた。

「じゃじゃーん」スーザンが言った。

「そいつにほんとうに二日かけたのか？」

「彼女を〈そいつ〉などと呼ばないで。彼女が聞いたらどうするの」

「彼女に費やした一分一秒の価値があるように見えるな」

スーザンがテイブルの彼女の席に戻った。私は小さなソーセジを八本薄切りにして詰め物に入れた。

「感謝祭にホークはどうする予定なのかしら？」スーザンが言った。

「知らない。彼はまだ食欲が十分ではないと思う」

パールが私の横でキッチン・カウンターに前足をかけて立ち、私の詰め物に鼻を突っ込んだ。私は彼女を床に戻した。

「彼女はどうしてレシピに犬のよだれと書いてあるのを知ったのだろう」

「どのレシピにもそう書いてあるわ」スーザンが言った。

パールが歩いて行ってスーザンの脇でテイブルに頭をのせ、私が二人でかじるために作ったバターミルク・ビスケットを鋭い目つきで見ていた。スーザンが一枚を二つに割り、片方をパールにやった。

「全粒よ」彼女がパールに言った。「健康にとてもいいわ」

パールが嗅ぎ、慎重に口で受けると、リヴィング・ルームへ行ってソファにのった。スーザンが残り半分にほんのわずか蜂蜜をのせて口に放り込んだ。

嚙み、呑み込み、コーヒーを飲むと、彼女が言った。「彼はセシルと会ってるのかしら？」

「知らない」

「訊いたの？」

「いや」

スーザンが微笑して首を振っていた。

「驚くわ」

「なにに？」

私はグラニイ・スミス・アップル二個の皮をむき、芯を取ると、薄切りにして私の詰め物に入れた。

「彼はあなたのために命を危険にさらし、あなたが彼のためにそうしている」

私は水道の栓をひねり、泣かないよう、勢いよく落ちる水の中でオニオンの皮をむき始めた。女々しい、とスーザンに思われたくなかったのだ。

「それに」スーザンが言った、「あなたはまた命を危険にさらす計画をしている」

「慎重に」

「しかも、あなたは、感謝祭の彼の予定や、休日を誰かと過ごすのかどうかすら、訊いていない」

私は最初のオニオンの皮をむき終わった。パールがリヴィング・ルームから戻ってスーザンの近くに坐り、期待の籠もった顔をしていた。私はオニオンをまな板にのせると、向き直ってキチン・カウンターに寄りかかり、スーザンを見た。

「二週間ほど前、おれはホークと川沿いを歩いていた」私が言った。「彼が、刑務所の生活は、他所で人がどのような生き方をしているか、ということとまったく繋がりがないのだ、と言った」

「たぶん、彼の言う通りだわ」

「彼はほとんどつねに正しい。彼があらゆることを知っているからではない。自分が知らないことについては絶対に話をしないからだ」

「悪い考えじゃないわ」

「そう。非常にいい考えだ」

「でも、それが、彼が感謝祭になにをするつもりか知らないのと、どういう関係があるの？」

「おれは脇道に逸れた。それで、きみを誤解させた。彼が刑務所について言ったことに戻ってくれ」

スーザンはコーヒーをカップに半分ほど注ぎ、ダイエット・シュガーを一袋入れた。

「類推」スーザンが言った。「ホークの世界はほかの誰の世界とも違う」

私は頷いた。

「だから、ホークに感謝祭のことを訊くのは、魚に自転車のことを訊くのと同じこと」

「あるいは、彼にセシルのことを訊くのは」

「セシルは彼にとって大事なの？」

「大事だ」

「しかし？」

「しかし、きみとおれのやり方とはちがう」

「同じ人いる？」

「いい指摘だ」

「あなたは彼を理解してる？」

「ある点までは」

「で、その後は？」

「ホークは黒人だ。生まれてこの方、少数派でいる。それがどんなことか、知らないし、たぶん、知ることはないだろう」

「あるいは、彼がホークになるのに、なにが必要だったか」

「それに、ホークであり続けるのに。彼は、維持するのが容易なホークを選ばなかった」

「しかし、もし彼が維持しなかったら」スーザンが言った、「彼は消えてしまう」

「そんなことを言うと、彼はきみを笑うよ」

「そう。だけど、だからといって、それが真実ではない、ということにはならないわ」

「それに」私が言った。「きみはハーヴァードから博士号を取っているし、ケンブリッジに住んでいる」

「だから、私は人に笑われるのに慣れている」

10

　クリスマスの翌週、ホークと私はハーバー・ヘルス・クラブにいた。ホークは二十ポンドのカールと百ポンドのベンチ・プレスを終えていた。そして、セットの合間にしきりに休憩していた。今は負荷を軽くしたバイシクルをこいでいて、汗が顔を流れ落ちていた。

「灰色の男《グレイ・マン》に撃たれた後、百パーセント回復するのにどれくらいかかった？」

「一年だ」私が言った。

　ホークが頷いた。ヘンリイ・シモリが水の入った瓶を持って来て彼に渡した。

「痩せていて、同時にたるんでいる」ヘンリイが言った。「最初の女房を思い出すよ」

　ヘンリイが私のところへやって来た。小さな体で白いTシャツがはち切れそうになっている。

「今ならおれはたぶん彼をやっつけることができるな」ヘンリイが言った。「いいチャンスだ」

　私は頷いた。

「その場合は彼を殺すのが賢明だな」私が言った。

「判ってる」ヘンリイが言った。「彼はそのうちによくなるよ」

ホークはペダルを踏み続けていた。

「お前はそんなに小さいから」ホークが言った、「おれの膝を殴ることになる」

「お前はそんなに痩せてるから」ヘンリイが言った、「それで、たぶん、お前はノックアウトされるよ」

ホークは、正常に呼吸するのに苦労していた。

「お前は……ファイトしてる時……一度でも……誰かを……ノック・ダウンしたことがあるのか？」ホークが言った。

「一度、ウイリイ・ペップをノック・ダウンしたことがある」ヘンリイが言った。

「彼はそのままダウンしてたのか？」

「長くはなかった。おれのパンチが急所に当たったのはそれが最後だった」

ホークがバイクから降りてベンチに坐り、大きく息をしていた。

「医者は、トレイニングしていい、とお前に言ったのか？」ヘンリイが言った。

ホークが頷いた。

「やれることはなんでもやれ、と言った」

「と言っても、大したことはできない」ヘンリイが言った。

「まだ」ホークが言った。

ヘンリイが頷いた。

「まだ」彼が言った。

ヘンリィが歩み去った。私は自分のセットを終えて、ホークの横に坐った。

「おれはデータを集めていた」私が言った。

ホークがタオルで顔を拭いて頷いた。

「例の四人のウクライナ人と、おれたちが知っている二人の弁護士の住所が判っている」

「そのうちの誰かと話をしたのか？」

「いや」

「結構」

「しかし、おれたちは話はできるよ、お前がしたければ」

「まだ準備ができていない」

「おれが一応お前を護ることはできる。お前がおれを怒らさない限り」

ホークが首を振った。

「待たなければならない」ホークが言った。

「おれが、合流してくれ、とヴィニイに頼むことはできる」

「誰かに護ってもらうわけにはいかない」ホークが言った。

私はその点についてちょっと考えた。

そのうちに言った、「そう、お前はそうだな」

11

三月半ば、私はオフィスで坐って、依頼人への仕切り状を書いていた。面倒な仕事だが、自分が今の仕事をやっている理由を思い起こさせてくれた。窓の外は太陽が輝いている。まだ春ではないが、雪が汚くなり始めていて、長い間埋もれていた木の葉の鼻を突くにおいが、もっと穏やかな気候をそれとなく約束している。

ホークが入って来た。コートを脱いでたたみ、依頼人用の椅子に置いた。ベルトから大きな・四四口径のマグナムを抜いてコートの上に置いた。床に伏せて、右腕で腕立て伏せを十回、左腕で十回やった。終わると立ち上がった。

「準備ができた、と考えていいのか？」私が言った。

「準備ができた」

ホークが・四四口径をホルスターに戻し、コートを着た。

「今？」私が言った。

「そうだ」

「なにか計画はあるのか？」

「トニイから始めよう」ホークが言った。

「マーカス？」

「連中がおれを撃った後、なにが起きてるのか知りたい」

「それで、トニイは知っている、ということか」

「もちろん、知っている」

「彼の利害関係はおれたちと一緒だ」私が言った。「彼は手助けできる」

「彼は手を貸す」ホークが言った。「おれたちに彼が必要なら」

私は大きくため息をついた。

「またしても黒人街へ逆戻りだ」私が言った。

「お前の役に立つ。少数民族になる機会が得られる」

「おれはお前が好きだ」私が言った。「おれは少数派だ」

「たんにおれが回復したからといって、だらしなく感情的にならないでくれ」

「おれの車、それともお前の？」私が言った。

「お前の車に乗せてもらってトニイのところに現れると、おれは恥ずかしい思いをすることになる」

トニイ・マーカスは、サウス・エンドの縁の、もとは〈バディズ・フォックス〉という名のレストラン兼ナイト・クラブの裏にオフィスを持っている。その後、トニイはマーケティング・コンサルタントを雇い、店は今は〈エボニイ・アンド・アイヴォリイ〉という名になっている。

「すばらしい名前だ」ホークが通りの向かいに駐車すると、私が言った。「優雅な人種的混合をにおわせている」

「ただ、おれがあの店で見たアイヴォリイはお前だけだ」

両側の壁沿いにボックス席があり、突き当たりにバーがあって、カウンターの右側の細い通路が洗面所とトニイのオフィスに通じている。入って行くと、ドアの近くのボックス席で、ジュニアとタイ・ボップが私たちを見た。タイ・ボップはコーヒーを飲んでいた。ジュニアはただ坐っているだけだった。二人ともなにも言わなかった。客は私たちを無視した。私たちが通りかかると、バーテンダーが会釈した。

「我が友、ホークよ」私たちがオフィスに入って行くと、トニイ・マーカスが言った。

「元気そうだな」

「あの不健康な青白さがなくなった、そうだろう?」私が言った。

「で、お前は失っていない」トニイが私に言った。

私はにやっと笑った。

「おれは本業に戻った」ホークが言った。「ウクライナ人たちの話がしたい」

「いずれその時が来る、と思っていたよ」トニイが言った。「お前が死ねば話は別だが」

「その時が来た」ホークが言った。「どんなことを知ってるのだ？」

「連中がここにいることを知ってる」トニイが言った。「連中のためにおれが損をしているのが判っている。連中のコネはブルックリンまでさかのぼり、どこにあるのか知らないが、たぶん、ウクライナにまで繋がっているのだろう」

「ブルックリンより先まで」私が言った。

「お前は腰抜けじゃない」ホークがトニイに言った。「なぜ、連中を追い出さないのだ」

「奴らは直接向かってこないのだ。連中は、一人のぽん引き、あるいは一人の賭け屋、あるいは、一つの狭い区域で麻薬を売ってる男に、圧力を掛ける。一人の男が屈すると、連中は大がかりに入り込んで来て、そこで追い出すには戦争になってしまう。金がかかる。警察が調べに来る。連邦政府が関わってくる。検察は、これはＲＩＣＯ（事業への犯罪組織などの浸透の取り締まりに関する法律）違反だ、あれは共謀だ、と言う。そういうのを避けて仕事をするほうがまだ楽なんだ」

「連中はどこかで止まる、と思うか？」ホークが言った。

「いや」トニイが言った。「奴らは全部欲しいんだ」

「だからお前は、遅かれ早かれ対応を強化しなければならなくなる」ホークが言った。

「それに、奴らはかなり手強い」トニイが言った。

「そうかね？」ホークが言った。

「お前は知ってるはずだ」トニイが言った。

「なぜ、ギレスピイはおれのところへ来たんだ？」トニイが言った。ホークが言った。「なぜお前が彼を保護しなかったんだ？」


トニイはしばらく机の上の天井を見ていた。半白の髪が短く、大きな口ひげを生やしている。いつものようにネクタイを締めていた。シャツは清潔そのものだ。スーツは完全に体に合っている。成功した中年の会社経営者にふさわしい首の回りのやや柔らかい点まで見場が整っている。

「ルーサーとおれは、えー、意見の食い違いがあったのだ」トニイが言った。

「彼は儲けを隠している、と思ったのか？」ホークが言った。

「思った」

「だから、放っておいたのか？」

「そうだ」

「間違いだったな」ホークが言った。

トニイが頷いた。

「しかし、一人の男を閉め出した後、おれは後でその男を窮地から救うことはできないのだ、判るだろう。そんなことをしたら、間もなくみんながおれをごまかそうとするし、おれは大がかりな懲罰を加えなければならなくなるんだ」

「彼らが縄張りを乗っ取った相手の多くは、不興を買っていたのか？」

「不興を買う」トニイが首を振っていた。「お前たち白人は妙な言い方をするな」

「彼らはどうだったのだ？」ホークが言った。

「二人ほどはそうだった」トニイが言った。「それ以外の何人かはおれのところの人間ではなかった」

「みんなあんたの配下だと思っていたよ」私が言った。

トニイが微笑した。

「いずれはそうなるはずだった」

ボーダンが告げた四人のウクライナ人の名前を私がタイプした紙を、ホークが取り出した。

「これのどれかを知ってるか？」ホークが言った。

トニイがそのリストを見た。

「このリストには兄弟は見当たらないな」トニイが言った。

「誰か知ってる者がいるか？」ホークが言った。

「だいたい連中はそのような外国の間の抜けた名前が付いている、判るだろう？　おれには区別は付かないよ」

「とにかく、おれとスペンサーは、お前の縄張りのいくつかを嗅ぎまわることになる」ホークが言った。「それについてなにか問題があるか？」

「そっちはそっち、こっちはこっちだ」トニイが言った。

「彼はオーケイと言っているのだと思う」私がホークに言った。

「おれたちは両方の縄張りを嗅ぎまわることになる」ホークが言った。

トニイが微笑した。

「一杯飲むか？」彼が言った。「店のおごりだ。バーに白人がいるのを人々が見ると、新しい名前が正当化される」

「お手伝いをしたいが」私が言った。「ちょっと時間が早すぎる」

「驚いたな」トニイが言った。「おれは、お前が朝の九時に安ウイスキイを飲んでた頃を覚えてるよ」

「安ウイスキイなど飲んだことはないよ」私が言った。

「おれたちはそれでお前を誇りに思っているんだ」ホークが言った。

「いつでも寄ってくれ」トニイが言った。

「なにか役に立つことがあったら」ホークが彼に言った。「おれの居場所は判ってるな」

「ハーバー・ヘルス・クラブ。ヘンリイに伝言を頼む」

「覚えていてもらうのは嬉しいものだ」ホークが言った。

「お前とは関係のないことだ」トニイが言った。「おれはあまり物事を忘れないのだ」ホークが立った。私も一緒に立った。トニイは坐ったままでいた。誰も握手はしなかった。

「幸運を祈るよ」トニイが言った。

「運とはなんの関係もないことだ」ホークが言った。

12

「トニイの話をどう思う?」私が言った。

ホークと私は、ウォータータウンのタウン・ダイナーでカウンターに坐り、昼食を食べていた。

「そうだな」ホークが言った。「奇妙な名前の白人の一団がトニイの縄張りに押し入って来て、トニイはそれを放っている」

「彼がギレスピイに腹を立てていたから? それに、ほかに二人ほど?」

「それに、奇妙な名前の白人が追い出した連中の何人かは、トニイの配下ではなかったから?」

「ボストンでトニイに属していない黒人犯罪はないよ」私が言った。

「ルーサー・ギレスピイがトニイへの金をごまかし始めて、どれくらい無事でいたと思う?」

「彼が思ったほど長くはない。お前は、トニイの話は本当らしく聞こえない、と言っているのか？」

「すべてでたらめだ、と言ってるんだ」

「ことによると、トニイはウクライナ人が怖いのかもしれない」私が言った。

「彼はお前やおれをすら怖がっていない」

「彼は恐れを知らぬ男だ」

ホークはBLTサンドウイッチを一口食べて噛みながら頷いた。

「なにかほかのことが進行中だ」飲み込むとホークが言った。

「ことによると、連中は彼に分け前を与えているのかもしれない」

「なにの」ホークが言った。「もともと全部彼の物だ。なぜ彼がそれを分かち合うのだ？」

「おれたちは恐怖心は除外した」

ホークが頷いた。

「トニイは怖がっていない」

「それに、おれたちは不注意は除外した」

「トニイが気付かないことで、最後に思い浮かぶのはなんだ？」

私は昼食にアップル・パイを食べていた。クリームチーズ付きだ。一口食べてコーヒーを飲んだ。ホークはオレンジ・ジュースを飲んでいた。彼がお代わりを注文した。

「いいだろう、おれたちは不注意は除外した」私が言った。「愛はどうだ？」

ホークが微笑した。

「判った、愛は省く」私が言った。「残るのは強欲さだ」

ホークがナプキンで口を軽く叩いていた。

「そうだな」

「しかし、彼がすでに所有しているもののたんなる分け前ではない」

「彼は、持っている物は自分の物にしておく」ホークが言った。「さらに、誰かほかの者が持っている物を手に入れる」

「それがトニイのやり方だ。だから、ウクライナ人相手にその点はどういうことになるのだ？」

「ことによると、トニイは連中を利用しているのかもしれない」

「ことによると、連中が彼を利用しているのかもしれない」

「彼らがお互いに利用し合っている可能性がある」

「たしかに」

私たちは昼食を終えるまで黙っていた。私はコーヒーを注いでもらった。ホークはサンドウイッチを半分しか食べていなかった。私がサンドウイッチを見た。

「まずいのか？」私が言った。

「美味しい。ただ、今はあまり食べないのだ」

「連中が消化管をずたずたにしたからか？」

「そんなところだ」ホークが言った。「しかし、オレンジ・ジュースは好きだ」

「場合によっては、ダイエットの本が書けるかもしれない」私が言った。

「狙撃手のダイエット？」

「書くほうはおれが手伝うよ、白人であること、その他で」

「そのほうは」ホークが言った、「ウクライナ人を片づけたらかかろうや、旦那」

「繋がりが判るとありがたいな」

「そうだ」ホークが言った。

「推測するところは？」

「ない」

「いったい、トニイにとってどういう利点があるのだろう」

「金だ」ホークが言った。

13

私はシャワーを使い、ひげを剃り、歯を磨いて、新しい絹の黒いボクサー・ショーツをはいていた。スーザンのリヴィング・ルームでソファに坐り、薄茶色の革張りのクッションに両足をのせて《サンディ・グローブ》を読んでおり、パールは横で足を宙に上げて寝ていた。風呂から出たばかりで、紺の短いキモノを着たスーザンがリヴィング・ルームに入って来て、私にちらっと胸を見せた。

「そろそろ時間だ、と理解していいのかな？」私が言った。

「いいわよ」彼女が言った。

「おれたちが寝室に入って閉めた時、パールがドアのそばで悲しそうに吠えるのをやめさせる方法をなにか思い付いたか？」

「いいえ」

「しかし、おれたちはドアを開け放しておくわけじゃない」

「あなたが三人共同を望むのでなければ」

「ま、なんとか我慢できるだろう」

「ことによると、私たち、それから注意をそらすためにやることを、なにか考え付くかもしれないわ」

私は彼女について寝室へ行った。ドアを閉めた。そのとたんにパールの足音が聞こえた。続いて静寂。次にドアをひっかく音。私たちは一緒にベッドに入った。スーザンが横に転がって私に接吻した。私が接吻しかえした。間もなく、私はパールのことをろくに意識していなかった。しばらくたってスーザンが私を放し、私の呼吸が正常に戻ると、立って行ってパールを入れた。

彼女は部屋に駆け込んでベッドに飛び上がり、十二回くるくる回ると、つい先ほどまで私がいた場所でスーザンに体をぶっつけるように横たわった。その過程で彼女がベッド・カヴァーを丸めてしまったために、スーザンは体に掛ける物がなく、裸でベッドに横たわっていた。私たちはお互いの前で裸でいることがしばしばある。それでも、スーザンは、なにか恥ずかしいことをしているのを見つかりでもしたかのように、裸でいるといつもなにか落ち着かない感じをたたえている。私はその癖をたいへん可愛く思っている。パールがスーザンの腹に頭をのせて私を見つめていた。私は見つめ返した。スーザンはパールを下ろさないとカヴァーに手が届かない。不安そうな顔をしていた。パールは動かなかった。

「朝食の支度を始めるよ」私が言った。

「いいわ」

私は動かなかった。パールは動かなかった。スーザンが落ち着かない顔でいた。そのうちに彼女が微笑した。

「あなたは我慢がならない」彼女が言った。「そうでしょう？　犬と女についてなにか言いたくて」

「ケンブリッジでは言わない」私はズボンをはき始めた。

たいがいの日曜日、通常私たちは起きるのがおそいために、スーザンのキッチンに坐って一緒に朝食をしながら、日中の半分近くを過ごしている。スーザンがテイブルをセットし、私が料理する。今朝はスクラップルと卵料理を作っていると、淡いピンクのスエット・スーツを着て髪を整え、完璧に化粧したスーザンがキッチンに入って来た。パールは、完全に所有権を主張するつもりらしく、少なくとも今のところはスーザンのベッドに残っていた。スーザンがオレンジ・ジュースを注いで飲みながら、テイブルをセットしていた。

「スクラップルになにが入ってるの？」彼女が言った。

「コーンミールと豚肉だ」

スーザンはオレンジ・ジュースを置いて、テイブルの花瓶の花を整えていた。

「食欲をそそられるわ」スーザンが言った。

「口で言うほど美味しくはないよ」

「美味しいにちがいないわ。トニィ・マーカスからなにか聞き出すことができたの？」

「おれたちは、トニィはさほど率直に話しているのではないような感じを受けている」

「驚くべきことだわ」

私はトニィについて彼女に話した。スーザンは完全に注意を集中して聞いていた。話を遮らなかった。彼女は、遊び半分の話でない限り、絶対に口を挟まない。

「トニィ・マーカスは、その人たちを追い出すことができる、と言ってるの」話し終わると彼女が言った。「彼がそのつもりになれば」

「そうだ。その連中はタフな男たちだ。しかし、彼らはトニィの領域に入っていて、トニィの手下に囲まれ、人数の点でも圧倒されているのだ」

「だから、彼は、その人たちをそこにおいておくことで、なにかを得ている」

「金だ」

「確信があるの？」

「ない。しかし、それ以外にトニィが重要視するものはなんだ？」

「なにもないかもしれない。でも、そうだとしたら、彼は異常だわ」

「その質問は答えを出さないでおくほうが有益かもしれない」私が言った。

「私はなにかを提唱しているわけじゃないわ。でも、どんな違いがある、と言うの？　ホークはその四人の男たちを知っている。なぜ、見つけ出して殺さないの」

「ホークは理由を言っていない」

「で、あなたは仮説はないの？」

「そうだな、小さいのがあるかもしれない」

私はスクラップルのスライスとフライド・エッグズを皿にのせ、コーヒーを注いで坐った。

「おれの推測では、ホークは、黒人社会からウクライナ人全員を追い出すつもりでいる」

「彼は地域社会をそれほど大事に思っているの？」

「思っていない。ホークに地域社会はない。おれが思うに、彼の自尊心が非常な打撃を受けて、彼は自尊心を正すためにそうしなければならないのだ」

「彼らを徹底的に打ち負かす」

私は頷いた。

「だから、その四人では十分でない」

「そうだ」

彼女が黙って一人で頷いていた。

「だから、彼は、実際に誰がなにをしたかを確認しなければならない」彼女が言った。

「それに、彼は――なんと言ったらいいのかしら――ウクライナ人の陰謀に関わる物と人間すべてを知らなければならない？」

「そうだ」

「そして、あなたは彼の手助けをする」

「おれは彼に手を貸す」

スーザンは、カロリー・ゼロのダイエット・シュガー〝イークォル〟をコーヒーに入れてかき回すことに神経を集中していた。

「あなたたち二人で、一つの民族的犯罪組織を根こそぎにするつもりでいる」

「そういう計画だと思う」

彼女はさらにかき回していた。

「なんだか恐ろしいことのように聞こえるわ」

「たしかにそうだ」

スーザンは、自分がかき回してつくったコーヒー・カップの中の小さな円形の動きを見つめていた。そのうちに顔を上げて、全身の力のこもった目で私を見た。ほとんど物理的とも言える力だった。

「その反面」彼女が言った、「かりに、私が知っているように、ウクライナ人たちがあなたたち二人を知っていたら、彼ら自身、多少恐ろしさを感じるかもしれない」

「そう願っている」私が言った。

14

デューダ・アンド・フサック弁護士事務所は、ボイルストン通りのトレモント近くにあるオフィス・ビルの十階にあった。私たちはミレニアム・センターの屋内駐車場に車を入れて、歩いて引き返した。その古いビルのロビーは幅が狭く、色褪せた金メッキの縁取りが施してある。灰色の大理石の床はひび割れて色が褪せている。エレベーターは鉄製の籠だった。何年も前にあらゆる物に興味を失った感じで上って行った。十階で速度が落ち、ぎこちなく止まった。私たちはべつの、大理石のすり減った狭い通路を歩いて行った。大理石はひび割れて色が褪せ、デューダ・アンド・フサックの大理石の敷居ですら、長年の使用で真ん中がくぼみ、丸くなっている。

顔に毛が残っていそうな半白の意地の悪そうな女が、古ぼけた会議テイブルの向こうの肘掛けのない回転椅子に坐って《ボストン・ヘラルド》を読んでいた。テイブルに電話とコンピュータがのっていて、ほかにはほとんどなにもなかった。彼女が軽蔑するような表情で私たちを見た。たぶん、デューダ・アンド・フサックのサーヴィスを求める依頼人の大半は軽蔑に値する連中なのだろう。私たちは違う。

「どんなご用でしょう?」彼女が言った。

「おれたちはデューダかフサックに会いに来た」ホークが言った。「どちらでもかまわない」

「ミスタ・デューダは不在です」彼女が言った。

秘書の両側にドアが二つある。一つのドアが開いていて、上着を脱いで机に着いている男が電話で話しているのが見えた。もう一方のドアは閉まっていた。

「それでは、ミスタ・フサックに会おう」ホークが言った。

私たちは開いているドアのほうへ歩いて行った。

「ちょっと」彼女が言った。

私たちは彼女を無視してオフィスに入って行った。彼女が、「ちょっと、ちょっと、あなたたち」と言いながら付いて来た。

フサックが、「ちょっと待ってくれ」と電話に言い、私たちを見た。

「何事だ?」彼が言った。

「おれたちはウクライナ語を話しに来た」ホークが言った。

「それなら面会の予約を取るべきだったかもしれないな」フサックが言った。

ホークが依頼人用の椅子の一つに坐った。オフィスは小さく、建物のほかの部分と代わり映えがしない。長い年月で溜まった絶望のにおいを放っていた。フサックの机の後ろに汚い窓があって、通気口が前に見える。

ホークが秘書を見た。

「あんたは戻っていいよ、お嬢さん」彼が言った。

「私はお嬢さんなんかじゃないよ」彼女が言い、フサックを見た。

彼が頷いた。彼女が出て行った。私は彼女の後ろでドアを閉めた。私も坐った。フサックがまた電話に言った。

「わしが話を聞かなければならない男がいる」彼が言った。「もう少したったらこっちから電話する」

彼が受話器を掛けて椅子を後ろに傾け、両足を上げた。

「それで、そんなに急いで、なにが必要なのだ？」彼が言った。

「ボーダン・ジウバケヴィッチの代理を務めるためにお前さんを雇った連中の名前だ」ホークが言った。

「誰を？」

「ボーダン・ジウバケヴィッチ」ホークが言った。

私は感心した。

「そんな人間のことは聞いたことがない」フサックが言った。「お前は何者だ？」

「おれとこの忠実な白人は、ウクライナ王室のメンバーだ」

「いったい、なんの話をしてるんだ？」フサックが言った。「わしはやることが山ほどあるんだ。お前と無駄口を叩いてる暇はない」

ホークが立ってフサックの脇を通り、彼の後ろの窓を開けた。

「なにをしてるんだ」フサックが言った。「外は凍るような寒さだぞ」

「そうだ」ホークが言った。「たしかに」

彼はフサックの髪をつかんで椅子から引き抜き、半回転させた。手をフサックのシャツの背中と股に移して彼を持ち上げ、頭から上半身を窓の外に突き出した。フサックが悲鳴を上げ始めた——連続した短い悲鳴で、ホークのつかみ方がゆるまないよう、低い声だった。体が硬直していたが、もがく気はなかった。絶望に駆られたのろい動作で後ろへ慎重に手を伸ばし、なにかつかまる物を探していた。ホークが、まるでほこりを払うように、彼を軽く揺すった。

「おれはお前が嫌いだ」ホークが穏やかな口調で彼に言った。「手を放さない理由はないのだが、おれが聞きたがっているようなことで、お前がなにかおれに言うことがあれば、話はべつだ」

フサックは低く短い悲鳴を続けていた。ホークが中に引き入れて、頭を外に出したまま、胸を窓枠にのせた。フサックの短い悲鳴が喘ぎに変わった。

「ウクライナ王家の人間は手ぬるいことはしないんだ」ホークが平静な口調で言った。

「ボーダンの代理を務めるためにお前を雇ったのは誰だ?」

フサックは喘ぎ続けていた。

「お前はまた外に出る」ホークが言った。「おれは手を放す」

「ブーツ」フサックが喘いだ。

首の血管が脈打っているのがはっきり見えた。

「ブーツ誰だ?」ホークが言った。

「ブーツ・ポドラック」フサックが言った。

ホークが私を見た。私が頷いた。ホークがフサックを窓から引き入れ、立たせて、椅子に戻した。窓は開けたままにしておいた。フサックは体をこわばらせて椅子に坐っていた。青ざめていた。震えていた。

「彼はお前たち二人を雇ったのか?」ホークが言った。

「彼自身ではなくて、彼の使いの者と言った男だ」フサックが言った。声がかすれていたが、喘ぎ方が緩やかになっていた。「我々に現金で払った。前金で。わしとデューダの双方に」

「彼はお前たちに、連中に最高の弁護をしてほしい、と言ったのか?」

「彼は、ボーダンが寝返らないよう確実を期してくれ、と言った」

フサックはぐったりしていた。きびきびした態度は消えていた。質問に進んで答える感じだった。そのような人間で唯一危険な点は、相手が聞きたがっていることを推測して、そのように答えることだ。なんでも喋る。十階というのは、落ちるには長い距離だ。例の不快な秘書がドアをノックした。

「ミスタ・フサック？　すべて大丈夫ですか」

「彼女に、イエス、と言え」ホークが穏やかに言った。

フサックが声を高めた。

「大丈夫だ、ナンシィ、すべて順調だ」

「証言するな、とボーダンに言ったのはお前か？」ホークが言った。

「違う……」

ホークが窓のほうをちらっと見た。

「わしは言った」フサックが言った。「我々二人が言った。ボーダンはウクライナに家族がいる。彼が証言したら、みんなが殺されることになっていたんだ」

「お前が彼にそれを伝えたのだな」

「そうだ」

「彼はお前の話を信じた」

「そうだ」フサックが言った。「わしは、結婚指輪の付いた指を彼に見せたのだ」

「指を？」私が言った。

「そうだ。彼の母親の指だ。彼はその指輪に見覚えがあった」

「誰かが彼の母親の指を切り取ってお前に送ったのか？」

「そうだ。きれいにしてあった。ビニールにくるんだり、判るだろう？」

「それで、お前はそれをボーダンに見せた」私が言った。

「そうだ」

「連中が拘置所で彼を殺すことを、彼は知っていたのか？」ホークが言った。

「いや、そうは思わない」

「お前があれの手配をしたのか？」

「ちがう」フサックが言った。「神に誓う、わしじゃない。わしはただ、わしはただ、いつボーダンに面会に行くかを、ブーツに話しただけだ」

「お前はあとの四人の代理を務めているのか？」ホークが言った。

「わしとデューダ」

「彼らについて話してくれ」

「彼らはわしに一言も口をきいたことがない」フサックが言った。「彼らが英語を話せるかどうか、わしは知らない。わしが彼らになにを言おうと、四人はなんの表情もなく、ただわしを見るだけだ、まるでわしが……」言葉を探しながら両手をもみ合わせていた。

「わしが無に等しいかのように。デューダはウクライナ語を少し話した。なにか話すのは彼がやった」

「彼はなんと言ったのだ？」ホークが訊いた。

「彼らは無罪になることを期待している、と言った。わしらは、ブーツがやれと言ったことをやるべきだ、と言った」

「それだけ」

「それだけだ。誓って言う、わしはほかにはなにも知らない。ほんとだ」

「デューダはどこにいる」ホークが言った。

「彼はマイアミにいる。一週間休みを取ったんだ。来週戻って来る」

「彼が戻って来たら」ホークが言った、「おれは彼に会いたい。おれの忠実な白人に電話を掛けさせろ」

私は名刺を出してフサックの机に置いた。

「彼がおれに電話を掛け、おれたちみんなで行儀よく相談をする。彼が掛けてこなかったら、お前は窓から出て行くし、彼も同様だ」

「判った。彼は掛ける。嘘偽りなく、彼は掛ける、わしには判ってるんだ」

ホークが机を回って行って窓を閉めた。フサックの顔がこわばり、安らいだ。

「喋ったのはわしだったことを、誰にも言わないでくれ」フサックが言った。

　ホークが、なにかほかのことを考えている感じで頷いた。

「あの連中がどんなか、あんたたちは想像も付かないよ。彼らはふつうの人間と違うんだ。わしがあんたたちと話をしたことを知ったら、彼らはわしを切り刻んでしまう」

「切り刻むのは誰がやるんだ」ホークが言った。

「どこかのウクライナ人だ。彼らは石器時代から来たような連中だ、判るか？　彼らのだれにも会わなかったらよかった、と思ってるんだ」

「お前がおれに嘘を言ったことが判ったら」ホークが言った、「喋ったのはお前であることを、おれは必ず彼らに知らせる」

「わしがあんたに話したことはすべて真実だ、神かけて誓う」

「完全なる真実か？」ホークが言った。

「神に誓って」

　ホークが私を見た。

「法廷のようないい感じだな」ホークが言った。

15

私たちはボイルストン通りをミレニアム・プレイスの新しい立体駐車場に向かって歩いていた。

〝ビッグ・ディグ〟と呼ばれる、新しいハイウエイ・プロジェクトによる工事期間中のボストンの交通状況は極端に悪化して、私たちがよく使う消火栓ですら、みんな占領されている。

「お前、彼を落とすつもりだったのか？」私が言った。

「今決める必要はない」ホークが言った。「ブーツ・ポドラックというのは何者だ？」

「マーシュポートの市長だ」

「あそこに市長がいるとは知らなかったな」

「人口八万の市だ」私が言った。

「〝町〟より大きいのは知っていた」ホークが言った。「文明化しているとは知らなかった」

「ブーツは文明化の影響をさしてうけていない。市長というのはたんなる公式的肩書きにすぎない。実際には、彼が所有者だ」

「八万人」

「そうだ」

「白人は何人だ？」

「ブーツと彼の管理チーム」私が言った。「それに少数のウクライナ人移民の住民だ」

「植民地の残りの人口は？」

「アフリカ系とヒスパニックだ」

「ブーツはどうやってそんなことができたんだ？」ホークが言った。

「かつてはマーシュポートの住民は主として中部ヨーロッパ系だったのだ。ブーツはその遺物だ」

「いったいどういう名前なんだ？　マシュポトというのは？」

ホークが地元の発音をふざけて真似て、aのアクセントを外し、rを抜いて発音した。

「どれか名家の名前を取ったのだろうと思う」

「なぜブーツがウクライナ人のために弁護士を雇うのだと思う？」

「ポドラックはウクライナ人かもしれない」私が言った。

「あるいは、ポーランド人」

「かつてウクライナはポーランドの一部ではなかったか？」私が言った。「あるいはその反対か？」

「おれに訊いてるのか？」ホークが言った。「ハーヴァードの卒業生と寝てるのはお前だよ」

「で、セシルは？」

「医学部だ。あの連中は遊離細胞その他のくだらないことしかしらない。スーザンは博士号を取ってる」

「最近セシルに会ったか？」私が言った。

「会った」

私たちは今は、駐車した階まで降りるエレベーターを待っていた。ホークにあくまで訊く事柄と、訊かない事柄がある。その事柄にカテゴリイはない。どっちがどっちかを知るには、口調と態度の微妙な違いを感じ取らなければならない。セシルは押してはならないほうだ。

「ことによると、ブーツは、ウクライナ人と組んでいるのかもしれない」私が言った。

「トニイの縄張りに入り込むのに」

「植民地を広げるために？」

私は肩をすぼめた。

「その逆である可能性が強いと思うが、どうだ」ホークが言った。

「トニイが黒人の町に入り込む？」

「そうだ」

「お前でなければ考えないことだ」

「ただし、おれたちに判っている限りでは、そうじゃない」

「おれたちに判っている限りでは」私が言った。

「ブーツを知ってるのか？」ホークの車に乗り込むと彼が言った。

「知ってる」

「彼はお前を覚えているか？」

「覚えているはずだ」

「好意的に？」

「いや」私が言った。

「どこへ行けば彼が見つかるか、知ってるのか？」ホークが言った。

「知ってる」

「それなら、彼に会いに行こう」

「オーケイ」

ホークがボイルストン通りの最後のブロックに入って行った。

「ここからそこまで行けると思うか？」

「かろうじて」私が言った。

16

マーシュポート市役所は、十九世紀に人々が褐色砂岩と煉瓦で建てた、飾りの多い立派な公共建築の一つだった。対象となった中流の上の階級を思わせる豊かで自己満足的な外観を具えていて、たぶん市内ではいちばん姿のいい建物であろう……ただし、私とホークはそうは思わないが、私たちは臨時の訪問者にすぎない。中は湾曲した階段、黒ずんだ木材、市の先人の重厚な油絵がそこら中にあるが、その先人たちは、私の知る限り、マーシュ王朝の全員かもしれない。市長のオフィスは二階にあって、大きな吹き抜けに面していた。私たちは入って行って、髪を青く染めたスタッフの女性たちに、市長に会いたい、と言った。私は名前を告げた。ホークが温かい笑みを浮かべていて、いちばん近くにいるスタッフの女性は多少まごついているようだった。

彼女が立って市長のオフィスに入って行き、間もなく出て来ると、その後ろにブーツ・ポドラックがいた。

「スペンサー」彼が大きな声で言った、「この野郎め」

「覚えていてもらって嬉しいよ、ブーツ」

「まだ警察にいるのか？」

「いいや。今は私立探偵だ」

「それならわしの建物からとっとと出て行け」ポドラックが言った。

彼がホークを見た。

「それに、サンボも連れて行け」

「サンボ」ホークが私に言った。

髪の青いスタッフは彼がそんなことを言わなかった振りをしていた。全員がタイプ仕事があるようだった。

「おれたちはデューダとフサックの話に来たのだ」私が言った。「〝殿〟を付けたほうがいいかな」

「おれは二人とも殿が付くと思う」ホークが言った。

「おれが、殿たち、と言うべきだった、と思うのか？」

「わからん」

彼がポドラックを見た。

「あんた、一つの殿、で二人の弁護士の間に合うと思うか？」ホークがポドラックに言った。

「いったい、なんの話をしているのだ」

「あんたの弁護士たちだ」私が言った。「デューダとフサック」

ポドラックは骨張った長身の男で、少ない半白の髪をクルー・カットにし、一九三〇年代の映画の悪党のような半白の薄い口ひげを生やしている。縁なし眼鏡を掛け、腕が長い。細くて手強い感じだ。上着を着ておらず、タン色のカーディガンの下で、まるでサッカーのボールを隠しているように、不似合いな太鼓腹が突き出ている。

「オフィスだ」彼が言い、ホークと私がドアを通れるよう、脇へ寄った。私たちが入ると後ろでポドラックがドアを閉め、広大なオフィスの奥へ歩いて行って、巨大な机の向こうに坐った。オフィスの奥の隅近くに、ほかに男が四人坐っていた。ポドラックは彼らにないも言わず、誰をも紹介しなかった。革の葉巻ケースから細く長い葉巻を出して火をつけ、ピッグスキンにくるまれたデスク・ライターの炎の中でゆっくりと回していた。ホークと私は机の近くの二つの椅子に坐ってその様子を眺めていた。葉巻の燃え方に満足すると、ブーツが煙を通して私たちを見た。

「それで、デューダとかドーダに関するそのばかげた話はどういうことだ？」彼が言った。

「あんたはおれが覚えてはいるが、発音できないウクライナ人たちの代理を務めるために彼とフサックを雇った」ホークが言った。「そして、絶対に誰にも誰かの密告をさせるな、と言った」

「お前はそう思うのか、えっ」

「おれたちはそう思っている」ホークが言った。「それで、おれたちはその理由を知りたい」

ブーツはしばらく葉巻を吹かしながらホークを見ていたが、そのうちに私を見た。

「彼をどこで見つけたのだ？」ブーツが私に言った。

「ルイジアナのある男から買った」私が言った。「その後、奴隷解放になって、手放せなくなったのだ」

かりにブーツが私を滑稽だと思ったにしても、表には出さなかった。私の場合にはよくあることだ。

「それで、わしがデューダとなんとかを雇った、と誰が言った？」ブーツが言った。

部屋の奥の隅の四人が立って私たちを見ていた。

「なんとか、ね」ホークが言った。

「とにかく、誰だか知らんが、そいつはでたらめを言っている。わしは弁護士が必要な時は、ボストンへ行く必要はないのだ」

「なぜ彼らがボストンの人間だと思うのだ？」ホークが言った。

ブーツはしばらく葉巻を吹かしていた。そのうちに口から取って眺めていた。次にホークを直視した。

「わしに必要ないのは」彼が言った、「どこかの小利口な黒ん坊がここに入って来て、まるで白人のようにわしに話すことだ」

ホークが彼を見て穏やかな笑みを浮かべた。

「判ってる」彼が言った。「判ってるよ……それでもおらはこうしてここにいる。あんた、トニイ・マーカスとなにか取引してるのか？」

「トニイ・マーカスとは、いったい、誰だ？」ブーツが言った。

ホークが、下らんことを言うな、とばかり手を振った。

「訊きたいことがある」ホークが言った。「あんたはデューダとフサックという名前の人間を誰も知らない。トニイ・マーカスという人間を知らない。あんたはおれたちにここに来てもらいたくない。あんたは市長だ。部屋の向こう端で、えー、手下が四人、怖い顔をして立っている。どうしてさっさとおれたちを放り出さないのだ？」

「あの男たちはマーシュポート警察の警察官だ」ポドラックがもったいぶって言った。

「ああ、よかった」ホークが言った。「一時は、彼らは本物のお巡りじゃないかと心配してたんだ」

「留置場に入りたいか？」ポドラックが言った。

ホークが私を見た。次に、部屋の向こうの四人の男を見た。続いてポドラックを見ると、立って部屋を歩いて行き、くっつかんばかりに四人の男の前に立った。

「いや、そうは思わない」彼が言った。

誰も動かなかった。部屋の空気が重くなったようだった。私はその空気の圧力を感じた。四人を見ながら、ホークは相変わらずブーツと話していた。

「あんたがおれたちをここに入れたのは」彼が言った、「あんたがデューダとフサックを雇ったことについて、おれたちがどんなことを知っているか、知りたかったからだ。そこへ、おれがトニイ・マーカスについてなにか言うと、あんたは、おれたちが彼についてどんなことを知ってるか、知りたかった」

誰も動かなかった。ポドラックと四人の警官は厳しい目つきでホークを見ており、彼はその視線によく耐えている、と私は思った。ホークは、ポドラックと話しながら、相変わらず四人の警官を見ていた。

「それが、あんたがおれたちを放り出さない理由の一つだ」ホークが言った。

「それ以外の理由はなんだ？」ポドラックが言った。

彼は、寛いで事態を掌握しているように見せかけるべく努めているが、多少苦労しているように見えた。

「もう一つの理由は」ホークが言った。「あんたのほうに五人しかいなくて、おれたちは二人で、おれたちのほうが数の上で優勢だからだ」

ホークにいちばん近い警官は、髪が白くなりかかっていて、顔中に血管が浮いている大柄な男だった。

「もういい」彼が言った。

彼が右のポケットから革張りの棍棒を出して、大きな左手をホークの胸に当てた。ホークが彼に微笑した。次の瞬間、なにかが起きて、ホークが棍棒を手にし、警官は鼻から血を流しながら床に倒れていた。私は拳銃を手にしていた。ここへ来るために、いつもの・三八口径スミス・アンド・ウエッソンは家に置いて来た。九ミリ口径のブローニングを持って来ていて、それを警官たちに向けていた。

ポドラックは憤激していた。

「お前たち、市長のオフィスで銃をぶっ放すことは許されないんだ」彼が言った。

オフィスのドアが開いて、髪を青く染めた秘書の一人が覗いた。

「なにかご用はありませんか、市長さん？」彼女が言った。

ホークが、棍棒で腿を軽く叩きながらポドラックのほうへ戻って来た。机に達すると、一瞬、ポドラックを見ていた。次の瞬間、棍棒をポドラックの机の上に放り出し、非常に速くなめらかな動作で、上着の内側から大きな・四四口径のマグナムを抜いた。

秘書が、「おお、神様」と言い、後ずさりして部屋から出るとドアを閉めた。

ホークは彼女に見向きすらしなかった。回転拳銃《リボルバー》の撃鉄を起こした。撃鉄が起きる音が、張り詰めた静けさの中で大きく響いた。市庁舎のどこかで大音量の警報が鳴り始めた。それを聞いたとしても、ホークの表情には何も表われなかった。

「なにかおれが使える情報をよこせ」ホークが言った。

撃鉄を起こした回転拳銃の銃口をポドラックの鼻柱に押しつけた。

「今すぐ」ホークが言った。

立っている残りの警官三人がわずかに足を動かした。しかし、誰も決定的な動きはしなかった。ポドラックの体がこわばっていた。顔が濡れているようだった。それに、ひどく青ざめている。つばを飲み込んで喉が動いた。

「早く」ホークが言った。

「トニイに娘のことを訊け」ポドラックが言った。

ホークが微笑して頷いた。相変わらず銃口をポドラックの鼻柱に押しつけたまま、彼がゆっくりと・四四口径の撃鉄を下ろした。ポドラックが低い音を発した。ホークが私に頷き、・四四口径の銃口を床に向けて脇に垂らしたままドアに向かった。私は後ろ向きに彼を追ってドアに向かった。

「ドアは開いている」ホークが言った。

私は後ずさりしながらドアを通った。ホークがドアを閉めて私ににやっと笑うと、髪の青いスタッフがいなくなった市長のオフィスから二人で駆け出し、市庁舎の大勢のスタッフが、理由もわからずにうろうろしている立派な階段を駆け下りて正面のドアから外に出た。どこかでサイレンが鳴っているのが聞こえた。二人で角を回る時、警察の車が一台市庁舎の前で停まるのが見えた。次の瞬間、私たちはホークの車に乗って走っていた。

人気のない街はほとんど車が通っていなかった。たまにいても、私たちと同じように市外に向かっている。マーシュポートに車を乗り入れる者はいないのかもしれない。私たちはそれ以上サイレンを聞くこともなく1A号線をボストンに向かった。それに、警官の姿も見なかった。

私がホークに言った、「懸命に追いかけて来る様子はないな」

「たぶん、おれたちを追っていないのだろう」

「なぜなら？」

「おれたちに追い付くのが怖いのだ」

17

四人のウクライナ人たちはみんな、マーシュポートでも下層階級の区域にあるマーケット通りに面した上下階が一戸になっている汚らしいアパートが住所になっていた。その家はヴァンコ・チクリンスキイが借り主になっている。ホークと私はしばらく車の中に坐ったまま、その家を見ていた。

「ポドラックは、おれたちをここに探しに来ることなど、夢にも考えていないよ」私が言った。

ホークは答えなかった。その家を見つめていた。

「窓は全部、下半分に板が打ち付けてある」ホークが言った。

私は頷いた。

「地下室の窓はどれも完全に板に覆われている」

ホークが頷いた。

「行ってベルを押そう」彼が言った。

私たちは車から降りて家へ歩いて行った。私は、愛用の・三八口径スミス・アンド・ウェッソンを、握把を前に向けてベルトの左側に差し、弾を一発薬室に入れた九ミリ口径ブローニングを右腰に着けていた。ワイルド・ビル・ヒコックになったような気持ちだった。

私たちが通りを渡る時も、家の中でなにも動かなかった。表のドアに覗き窓がある。ホークがベルを鳴らした。しばらくたつと、ドアが安全ボルトを掛けたまま二インチ開いた。隙間に顔が現れた。顔はなにも言わなかった。

「ヴァンコ」ホークが言った。

「留守だ」

「お前がヴァンコだ」

「留守だ」

「英語話すか？」ホークが言った。

「ノー」

ホークはしばらくその顔を見ていた。

「終わってはいないぞ、ヴァンコ」ホークが言った。「始まったばかりだ」

顔はなんの反応も示さなかった。動きもしなかった。ホークが向き直って歩み去った。

私は付いていった。私たちの後ろでドアが閉まる音がした。私は、背中に誰かが標的の中心円を描いたような気がした。二人でホークの車に乗り、またしばらく坐っていた。

「ドアは鉄だ」私が言った。

「そうだ」

「おれたちは坐ってればいい」私が言った。「連中はいつかは出て来なければならない」

ホークが首を振った。

「おれはやりたかったことをした」彼が言った。

「彼らはお前が元気に戻ってきたのを知った」

「そうだ」

「ということは、彼らは、またお前を狙わずにはいられない気持ちになっている」

「お前はそう感じないか？」ホークが言った。「おれが訪ねて来たら？」

「とくに、最初の時に見事に成功していれば」

「覚えていてくれてありがとう」

「おれはやはりこの際ヴィニイが役に立つと思う」私が言った。

「手助けはいらない」

彼はその家をじっと見ていた。

「そうだ」私が言った。「もちろん、いらない。しかし、おれはいるのだ。ウクライナ人たちは区別ができなくて、代わりにおれを撃つかもしれない」

「そうだな」

「彼はおれを護るのだ」

ホークが肩をすぼめた。彼はまだ家を見ていた。雪片が当てもなく舞い始めていた。

「彼が連中を護るのでない限り」ホークが言った。

18

季節最後の雪が降り始めた。最初の本格的な雪が目的ありげに私のオフィスの窓を過ぎ、バークレイ通りに落ちている。街が心持ち背を丸めて、心持ち急いで準備をしている感じだ。オフィスのテレビのスイッチを入れないことにした。成熟するにつれて、機械化された病的興奮状態に次第に興味を感じなくなり始めている。冬の終わり近くだ。冬の終わり近くにはボストンでは雪が降る。時には初春に降ることがある。私は大人になって以来の全人生、ここに住んでいる。気候に次第に慣れ始めたところだ。

セシルが、季節に非常に不似合いな毛皮のコートを着てオフィスに入って来たが、豊かな黒い髪に雪が溶けた跡がいくつか付いていた。私は立って彼女のコートを受け取った。

「このコートのために数多くのビーヴァーが死んでいる」私が言った。

「ビーヴァーの話は十分注意したほうがいいわよ」セシルが微笑を浮かべて言った。「それに、これはミンクなの。しかも、可愛いミンクたちはオルガズムの最中に死んだの」

「最高の死に方だ」私が言った。

セシルは私の机の前の椅子に坐ってすばらしい脚を組んだ。ハイ・ヒールの革ブーツをはいているが、降雪の中ではほとんど裸足同様役に立たない。私はコーヒーを勧めた。彼女が受けた。彼女に注いでやり、自分のも注いだ。睡眠のことなど、心配する者はいない。

机を前にして坐り、彼女の膝をめでた。


「私の脚を見てるの？」セシルが言った。

「そうだ。おれは人種平等を固く信じている」

「それで、性差別は」

「ところをわきまえている」

　セシルが微笑した。

「ホークと私はまた交際してるの」彼女が言った。

「結構」

「彼の状態をあなたはどう思ってるの？」

「元気だ」

「彼はちっとも変わっていないように、私には見える」

「そうだ」

「しかし、彼はそうであるべきではない」セシルが言った。

「なぜなら？」

「なぜなら、彼はひどい傷を受けた、ほとんど殺されかけたし、なんというのか、職業的に痛手を受けた、というのかしら」

「どれも起こりうることだ」私が言った。

「でも、それが彼に影響を及ぼした痕跡がまったくないの」

「彼は影響を受けている」

「どうしてそれが判るの？」

「おれは影響を受けているはずだ」

「それで、あなたは彼とまったく同じなの？」

「ホークとまったく同じ者はいない。しかし、おれは、多くの人間より違っている点が少ない」

「それで、あなたは、つかの間、考えることはないの——〈なぜ、自分が？〉」

「おれがやっていること、ましてやホークがやっていることを、〈なぜ、おれが？〉と言って回りながらやることはできない。きみは外科医だ。死ぬことについて知っているはずだ」

セシルが頷いた。

「あなたにとってはどうだったの？」

「瀕死の状態になることとの特徴は、多くの場合、死なずにすんだずっと後になるまで、自分が死にかけていたのを知らない点だ。病院に入って来た時、ホークは意識がなかった。

彼は十二時間ほど手術室に入っていた。それに、集中治療室に十日くらいいた。その間の大半、彼は気付いていなかったのだ」

「集中治療室は非常に残酷な経験である場合がありうるわ」セシルが言った。

「そうだ。その期間の大半、当人はそのことを知らない。一瞬、目が覚めると、当人としては覚えていたくないなにか恐ろしいことがおこなわれているが、次の瞬間、当人はまた意識を失っている。それに、目が覚め始めた後ですら、頭がひどくいかれていて、なんであれ、当人が考えている可能性のあることを評価するのは無意味なのだ。おれは頭上の照明にジオラマが入っている、と思っていた」

「看護婦たちはそれを集中治療室症候群と呼んでるの」セシルが言った。「精神的外傷、長期間の麻酔、鎮痛剤、睡眠喪失……」彼女が手を振った。

「おれは妄想性痴呆だった」私が言った、「集中治療室を出た後ですら。ある夜、接続装置を全部引き抜いたことがある、自分はなにかから脱出してる、と思ったのだ。ポール・ジャコミンがシカゴから来ていて、その後は、彼とホークとスーザンが交代で夜をおれと一緒に過ごした。その三人だけが、陰謀に加わっていない、とおれが信頼できる人たちだったのだ」

「自分がおかしくなっているのが判っていたの？」

「判っていた。自分が病院にいることが判っていた。それに、誰かに付け回されて、ニュー・ベッドフォードの凍るように寒い鉄道駅にいるのが判っていた」

「双方の現実を等分に」セシルが言った。

「それに、同時に」

「だから、目が覚めて正常に戻った頃には、あなたはほとんど危険状態から抜け出ていた。実際には、惨めな思いはしたけれど、あなたは、〈もう少しで死ぬ〉ことは経験していない。後になって聞いただけだった」

「その通りだ」

「ホークが経験したのはそういうことだった、と思う？」

「思う」

「そのことについて、彼と話したの？」

「いや」

「それと、無力感？」彼女が言った。「依存状態？」

「そういうことは医学部で教えないのか？」

セシルが微笑した。

「ある学期でなにかあったかもしれない」彼女が言った、「二年生の年に。朝八時のクラスだったし、縫合術などと違って、重要じゃなかった、だから私たちの多くはたぶん休養していたのだと思う」

「長い間、ものすごく気分が悪い。それに、かりにホークのように、大きく、強く、タフな男なら慣れていなくて、いやで仕方がない。それに、あの帽子掛けに繋がっているのがいやだし、一人で洗面所へ歩いて行けないのがいやでならない。しかし、いずれその状態はなくなるのが判っている。元の状態を取り戻すことができるのが判っている。それに、待つことができるのが判っているし、トレイニングできるのが判っている。だから、しばらくたてば、元の自分に戻るのが判っている」

「だから、そのことについては黙っている」セシルが言った。「そして、自分にできることをして待っている」

「おれはスーザンに多少泣き言を言ったのを覚えている」

「そして、ある程度元気になると、物事を正常に戻す」

「ホークとおれは」

「やがて、完全に元通りになる」

「そんなところだ」

「それで、今あなたと彼がやっているのがそれなのね」

「そうだ」

オフィスの窓の外で、今では雪の降り方が速くなっていて、バークレイ通りで風が渦を巻くと多少旋回している。

「彼はそのことについて、私に一度も話したことがないわ」

　私は頷いた。

「あなたはそのことについて、スーザンと話したことあるの？」

「ある」

「そういうことについて、彼はどうして私に話すことができないのだろう？　だいたい、私は医師ですらあるのよ」

「それは医学的な事柄ではないのだ」私が言った。「使い古された言葉を使うことを許されるなら、おれの自己認識は、おれとスーザンなのだ。ホークの場合はいまだにホークだ」

「彼は私を愛していない、と言ってるのね」

「そうじゃない。かりに、彼はきみを愛していない、と思ったら、おれは、〈彼はきみを愛していない〉と言うはずだ。おれたちはそのことについては前に話し合った。ホークとおれは、異なった環境で育った。おれは、ワイオミング州ララミイで、父親と二人の叔父がおれを愛し、面倒を見てくれた家で育った。ホークは、スラムの街頭で育ち、長い間自分の面倒を自分で見ていて、十五歳になった時にボビイ・ネヴィンズに見いだされた。彼はボビイ・ネヴィンズについてきみに話したことがあるか？」

「ないわ」

「彼に話すよう頼んでみるといい。興味深い話だ」

「あなたは、実際に、黒人生活の経験を私に説明しているの?」

「おれはホークの説明をしているのだ。ネヴィンズは彼を鍛えたが、おれの知る限りでは、彼を愛した者は一人もいない。ホークが現在のホークであるのは、子供の頃から、彼が自分の本質に忠実である方法を見いだしたからだ」

「私は彼を愛してるわ」

「彼にとっては、それは成長のためのいい経験だ」

「それでも彼は変わらない」セシルが言った。

「変わったら、彼は存在しなくなるかもしれない。彼は今きみと一緒にいる」

「彼のすべてじゃないわ」

「たぶん」

「彼のすべてが私のものになることがあると思う?」

「たぶん、ないだろう」

「それに、かりに私が彼と一緒でありたければ、その可能性を受け入れなければならない」

私は、精一杯彼女を力づけるような笑みを浮かべて頷いた。今では雪の降り方が激しくて、通りの向かいのシュワーツの玩具店を見るのが困難になっていた。

「そうだ」私が言った。「そうしなければならない」

19

ホークと私は、コモンウエルス街一〇一〇番にあるオフィスで、ヒーリイという州警察の警部と、マーシュポートについて話し合っていた。

「ボウハンクス（ヨーロッパ南東部からの移民労働者）が、植民地初期の頃からあそこを支配しているのだ」ヒーリイが言った。「そして、戦争後、その連中が移動し始めた。残っているのは一つのウクライナ人居住区で、ブーツはそこの出身だ。残りは主として黒人で、大部分はカリブ一帯の黒人だ。おれたちは、彼ら全体をヒスパニックと考えている。あるいは、黒人、と。しかし、彼らはそうは思っていない。彼らは、自分たちをプエルトリコ人、ジャマイカ人、ハイチ人、コスタリカ人、ドミニカ人、グアテマラ人、と考えている」

「だから、彼らは、大多数派を占めているが、たがいに同じではないと考えているから、大多数だと考える必要がない」

ヒーリイが頷いた。

「だから、ボウハンクスがいまだに支配している」ホークが言った。

「それよりもっと特定的だ」ヒーリイが言った。「ブーツ・ポドラックが支配している」

「ブーツについて話してくれ」私が言った。

「ブーツの祖父がヤンキーからマーシュポートを奪い取ったのだ」ヒーリイが言った。

「そして、彼の父親が受け継ぎ、ブーツに引き渡した」

「彼らが支配している」

「完全に」ヒーリイが言った。「警察、消防、保護観察官、地方裁判所判事、市議会議員、州議会議員、連邦議会議員、教育長、レストラン所有者、カー・ディーラー、酒類卸、廃品業者、麻薬、売春、数当て賭博……」ヒーリイが両手を広げた。「あらゆるものだ」

「それでいて、あんたは彼を廃業に追い込むことができない」

「おれにはできない、おれは殺人課の課長だし、おれの仕事ではないからだ。しかし、一種の秘密組織で、誰も喋らない。証人は死ぬ。密告者は消える。覆面捜査官は消える。判事は脅迫される」

ヒーリイのオフィスは最上階にあって、彼の机の後ろの窓を通して、雪が相変わらず小止みなく降り、雪による交通遮断を防ごうと、除雪車が断続的にコモンウエルス街を突進しているのが見える。

「ブーツに会ったか？」ヒーリイが言った。

「会った」ホークが言った。

「お前は？」ヒーリイが私に言った。

「会った」

「同じ時に？」ヒーリイが言った。「二人で？」

「そうだ」私が言った。

ヒーリイが微笑した。

「それは興味深かったにちがいない」

「ブーツはどの程度の大きさの組織を運営しているのだ」ホークが言った。

「約八万人」ヒーリイが言った。

「全市」

「そうだ」

「銃を持った人間は何人くらいだ」

ヒーリイが考えていた。

「ちょっと電話を掛ける」彼が言った。

「その必要はないかもしれない」ホークが言った。「彼はトニイ・マーカスくらい銃を使う手下がいるのか？」

「もちろん、いる」

「トニイの連中くらい腕が立つのか？」

「もちろん、そうだ。彼の手下のウクライナ人の中には、チョコレート・キャンディを食べたから、と言ってお前を殺し、死んだお前の口から取り出して食べてしまうようなのがいる」

「それは国内産のウクライナ人なのか」ホークが言った。「それとも、ウクライナ産のウクライナ人なのか」

「輸入品だ」ヒーリィが言った。

「ブーツはどうなのだ？」私が言った。

「見かけは大したことないだろう」ヒーリィが言った、「彼は？」

「彼はそう簡単には屈しない男だ」私が言った。

「そうか？」ヒーリィが言った。

私は肩をすぼめた。ホークは平静な顔をしていたが、それはホークの最大の長所の一つだ。

「すばらしいじゃないか」ヒーリィが言った、「法執行機関の内部と外部の者が、共通の理想のために情報交換ができるというのは」

「彼は根性の悪い葬儀屋のように見える」私が言った。

「彼は精神病質者だ」ヒーリィが言った。「あるいは、社会病質者かな。どうも区別が付かないのだ」

「彼は狂人だ」私が言った。

「彼はそうだ」ヒーリイが言った。「彼は、自分にとって最上の利益になるか、見極められないほどの狂人ではないし、自分にとって最上の利益になることができないような狂人ではない。ビジネスの運営ができる。しかし、ビジネスにとって有利であれば、どんなことでもする。殺す、拷問する、ひどく傷めつける、小さな子供を切り刻む、どんなことでも。彼のせいで惨めな死に方をした者が大勢いる」

ヒーリイがホークを見た。

「お前は、もう少しで自分がそうなるところだった、という気がするか？」彼が言った。

ホークが肩をすぼめた。

「遅かれ早かれ判る」彼が言った。

「もちろん、警察官として」ヒーリイが言った、「私的制裁を加えることに対して警告するのはおれの責務だ」

「もちろん、そうだ、警部」私が言った。

「とは言うものの」ヒーリイが言った、「あの狂人野郎が死んだらすてきな出来事になるな」

「すてき」私が言った。

「あんたたちアイルランド人は妙な物の言い方をするな」ホークが言った。「ブーツとトニイ・マーカスとの繫がりについて、なにか判ってるのか?」

「いや」ヒーリイが言った。「組織犯罪班に問い合わせてもいい。電話するよ」

「ありがとう」ホークが言った。「スペンサーに電話してくれ」

ヒーリイがにやっと笑った。

「居場所をおれに知られたくないんだな、そうだろう」

「知られたくない」ホークが言った。

20

私たちはホークのスノー・カー、リンカーン・ナヴィゲーターに乗っていた。ワイパーがひっきりなしに動いている。雪が断固とした感じで降っている。

「海軍のパイロットがこいつの上に着陸したことがあるか？」私が言った。「間違えて？」

「なるべく海岸近くでこれを運転しないようにしてるんだ」ホークが言った。「トニイに娘がいるのを知ってたか？」

「いや」

「それについて、誰が知ってるだろう？」

「おれの思い付く限りではいないな」

「どうやら、トニイに訊かねばならないようだな」

「ことによると、ブーツは出任せを言っていたのかもしれない、お前が撃たないように」

「いや」ホークが言った。「おれは彼の目を見ていた。彼は最小限度のことをおれに言った。しかし、嘘は言っていない」

「彼は、自分のオフィスでおれたちに恥をかかされたのを怒っているはずだ」

「彼を見つけた場所で恥をかかせる。おれたちが仕事をすませるまでに、おれたちに腹を立てる人間が大勢出る」

「たぶん、トニイを含めて」

「たぶん」

「おれたち、番号札を配り始めるといい」私が言った。「デリカテッセンのように」

降雪時緊急駐車禁止の札が立っていたので、ホークが四輪駆動をローに落とし、私のオフィスの裏の路地にナヴィゲーターを乗り入れ、オフィスのビルの裏口のそばで歩道に乗り上げて駐車した。私たちは裏の階段で私のオフィスに上がって行った。

私たちはコートを掛けた。私がコーヒーを沸かした。私がそうしている間に、ホークは出窓の中に立って雪を見ていた。私は、オフィスの冷蔵庫からクリームを取り出し、オフィス用品のキャビネットから砂糖を出した。白の分厚いマグ二つ、クリーム、砂糖を机に置いた。クローゼットに行って錠を開け、棚からアイリッシュ・ウイスキイ、ブラック・ブッシュのボトルを取ってマグの横に置いた。

「雪による緊急事態だ」私が言った。

「マグがもう一つ必要になる」ホークが言った。

「誰だ?」

「マーティン・クワーク警部だ。彼の運転手が角で彼を下ろして、今はそこに駐車し、通行の邪魔をしている」

「彼はそれを気にしているか?」私が言った。

「たんなる推測だ」ホークが言った。「しかし、ノー、だな」

私は行ってスプーンをいくつかと三つ目のマグを持って来た。そのマグはスーザンがレストラン用品のカタログで買ったものだ。私のミスタ・コーヒー・マシーンと、男性的で完璧な補完になる、と彼女が言った。私をからかっていたのかもしれない。私がスプーンと余分なマグをほかの二つのそばに置いたところへ、クワークが入って来た。ダーク・グレイのラグランのツイード・オーバーコートを着て襟を立てていた。帽子はなく、まだ溶けていない雪が髪に付いていた。

クワークがマグとボトルを見た。

「あれは元気づく眺めだな」彼が言った。

「勤務外なのか?」私が言った。

「家に帰る途中だ」

私は三つのマグにコーヒーを注ぎ、自分のマグに砂糖、クリームとかなりの量のウイスキイを入れ、ほかの二人のためにボトルを置いた。

「ホークの話だと、あんたの運転手は通行を阻害しているそうだ」

「よせよ、お巡りであることに、なんらかの楽しみはあるはずだ」

しばらくの間、私たち三人は、それぞれの質を高めたコーヒーを飲んでいた。

嵐は、荒れ狂うような激しいものではなかった。穏やかなねばり強い嵐だ。風はあまりない。残酷なほど寒くはない。窓の外の静かで無慈悲な降雪にすぎない。

クワークがコーヒー・マグを私の机の縁に置いてラックにコートを掛け、自分のマグの近くに坐った。ホークは相変わらず降る雪を眺めていた。

「元気そうに見えるな、ホーク」クワークが言った。

「元気だよ」ホークが言った。

「引用されるとたぶんおれは面倒なことになるが」クワークが言った、「そうと聞いて嬉しいよ」

「誰にも言わないよ」ホークが言った。

「お前たち、デューダ・アンド・フサック法律事務所を覚えているか」クワークが言った。

「彼らはボーデンとほかのウクライナ人の代理を務めた」私が言った。

「おれの娘が聞いてるバンドのような名前だ」クワークが言った。「そう、あの二人だ」

彼は、またコーヒーを飲んで椅子をわずかに後ろに倒し、前脚が床から離れた。

「つい先日、彼らに会いに行ったよ」ホークが言った。

「そのことは知っている」クワークが言った。

彼は足の指の付け根を床に付けたまま、かすかに椅子を前後に揺すっていた。夕方もまだ早い時間だった。私はオフィスの天井の照明をつけていなかった。机の上のランプはついていて、残りの明かるみは、バック・ベイが放散し、雪を通して入り込む妙に間接的な明かりだった。私はみんなのマグにコーヒーを注いだ。三人ともウイスキイを加えた。

「なんの話をしたのだ？」クワークが言った。

「ウクライナ人の代理を務めるために彼を雇ったのは誰だ、とフサックに訊いた」ホークが言った。

「彼は言ったのか？」

「言った」

「自発的に？」クワークが言った。

ホークが微笑した。

「彼はかなり自発的だった」ホークが言った。

「なぜ？」クワークが言った。

「おれたちはたんに話をしているんだ」ホークが言った。「そうだな？」

「おれたちはたんに」クワークが言った。「薄暗い部屋に坐ってウイスキイを飲み、雪を眺めている三人の善良なる仲間にすぎない」

「おれが彼を、彼のオフィスの窓からちょっと外へ押し出したんだ」ホークが言った。

「それなら彼は自発的になるな」クワークが言った。「誰が彼を雇ったと言った？」

「ブーツ・ポドラック」ホークが言った。

クワークは椅子を揺するのを止めた。コーヒー・マグを両手で持って、縁から上がってくる蒸気を吸い込むと、少し飲んだ。首を心持ち後ろに倒して、コーヒーとウイスキイが喉を流れ落ちるに任せていた。

「ブーツ」クワークが言った。

「彼を知ってるな」私が言った。

「知ってる。なぜブーツが彼を雇ったか、フサックは言ったのか？」

「誰も誰のことをも密告させないために」私が言った。

「彼はお前たちに話した以上のことを知っていたと思うか？」

「知っていたら、彼は話したはずだ」ホークが言った。

クワークが頷いた。

「高い窓だ」彼が言った。「デューダと話したのか？」

「まだ話していない」ホークが言った。

クワークはしばらく黙っていた。私たちは待った。何であれ、いずれ彼はその話をするのが判っていた。

「フサックは死んだ」クワークが言った。「それに、おれたちはデューダを見つけることができない」

「どのような死に方だったのだ」ホークが言った。

「首を切り落とされていた」クワークが言った。「彼のオフィスで。大量の血だった」

(首を切り落とされる?)

「誰かが見せしめにやったな」ホークが言った。

クワークが頷いた。

「連中は誰に見せしめているのだ?」私が言った。

「お前たちかもしれない」クワークが言った。

「デューダはどうなのだ?」私が言った。「なにか手がかりは?」

「おれは、彼が生きて見つかるとは思わない」クワークが言った。「彼が早めに逃げ出して……遠くへ行っていない限り」

「彼はマイアミにいる、とフサックがおれたちに言ったよ」私が言った。

「彼は運がよかったのかもしれない」クワークが言った。「マイアミのどこ、とか、その理由を彼は言ったのか?」

「彼は一週間の休暇を取ってマイアミに行った。今週帰って来る予定だ、と言った」

「おれがマイアミに電話して」クワークが言った、「リゾート・ホテルを調べてくれ、と頼もう」

「おれなら、先に、マイアミ・ビーチ沿いの安ホテルを調べるな」ホークが言った。

「彼らは贅沢をしない、と思っているのか？」クワークが言った。

「彼らのオフィスを見ただろう」ホークが言った。

クワークが今では立って行ってホークの脇に立ち、通りを見下ろしていた。

「彼は交通を阻害してるな」クワークが言った。「そうだろう」

「そうだな」

クワークは、ちらっとホークを見ると、ゆっくり向き直って私を見た。

「警察のベテラン捜査官であり、人間性の熱心な研究家であるところから、おれはあえて推測してみる。お前たちはブーツに会いに行った」

「信じられないな」ホークが言った。

「確かに信じられないことだ」クワークが言った。「お前が彼を窓から吊り下げたのか？」

「いいや」ホークが言った。「おれが彼の頭に拳銃を突き付けた」

「驚いたな」クワークが言った。「ブーツ・ポドラックに？」

「だいたい、彼はそう感じていたよ」ホークが言った。

「彼はお前になにを話したのだ？」

「それが、いささか混乱した状態になったんだ。警報が鳴って、お巡りがいたし、おれが聞き出せたのは、トニイ・マーカスに娘のことを訊け、という言葉だけだった」

「トニイ・マーカス？」

「なにか繋がりがある」私が言った。「あの二人の間に」

「トニイとブーツ？」クワークが言った。「ちくしょう！　世の中に驚くことはなにもない、と思っていた矢先だ」

21

私たちは、トニイ・マーカスのレストランで、彼と昼食をとった。私たち三人は、ドアに近い前側のボックス席にいた。外の深い雪のために、部屋の内部がいつもより明るく見えた。

「見せ物としてお前をここに坐らせたのだ」トニイが私に言った。「何人かの白人の興味を引くために」

「エボニイ・アンド・アイヴォリイだな」私が言った。

「その通り」トニイが言った。「昼食になにを食べたい？　フライド・チキンが旨いよ」

「それに西瓜《すいか》を付けてもらえるか？」私が言った。

ホークがにやっと笑った。トニイがウエイトレスに合図した。

「ロイに言ってくれ」彼が言った。「このお方たちに旨い盛り合わせを作れ、と。そして、わしにジャック・ダニエルズを持って来てくれ」

彼が私たちを見た。ホークと私は首を振った。

「どうやら、わしは一人で飲むようだな」トニィが言った。

ウエイトレスが立ち去った。タイ・ボップが、身動きもしないのにそわそわした感じで表のドア近くに立っていた。ジュニアの大きな姿がカウンターの端にぼんやり見えていた。

「タイ・ボップが合図を待っているサソリのように立っていなかったら」私が言った。「もっと、えー、変化のある客が入るかもしれない」

「タイ・ボップはおれにとっては息子みたいな男だ」トニィが言った。「その後、ウクライナ人とのつきあいはどうなってるんだ？」

「おれたちはブーツ・ポドラックに会いに行ったよ」ホークが言った。

トニィが眉をひそめて首を振った。

「知らない名前だな」彼が言った。

ウエイトレスが彼の飲み物を肘のそばに置いて、音もなく去った。彼女は髪をコーンロウズにして、非常に形のいい尻をしている。

「それは妙だな」ホークが言った。「彼はお前の名前を知ってたよ」

「大勢の人がおれの名前を知っている」トニィが言った。

彼はいかにも旨そうにウイスキイを飲んだ。

「おれたちはお前の娘のことを訊いてみるといい、とブーツが言ったよ」

トニィはウイスキイを飲むのを終えて、元の場所へ慎重にグラスを置いた。なにも変わった様子はなかった。しかし、とつぜん、空気が張り詰めた感じになった。

「娘？」トニイが言った。

「おれがブーツに、お前と彼の間でなにか行なわれているのか、と訊いたら、彼の娘のことを訊いてみろ、と言った」

「彼がどうしてそんなことを言うのだ？」

「おれは、あー、強力に彼を促していたのだ」ホークが言った。

「だいたい、なぜお前は彼と話をしたのだ？」

「彼は、ウクライナ人たちの代理を務めた弁護士たちを雇ったのだ」

「おれは彼らとなんの関わりもない」

「彼らがお前の商売を取り上げようとしている以外は」

「連中はたんに縁をかじっているだけだ」

　コーンロウズのウエイトレスが、大きなトレイを肩の上でバランスを取りながらやって来た。トニイが顔を上げて彼女を見ると、手を振って帰らせた。彼女は歩調を変えることなく向き直ってキッチンへ戻った。私は残念だった。そのトレイにあばら肉《リブ》がのっているのが見えたのだ。

　ホークが言った、「おれはその言葉は信じないよ、トニイ」

　トニイはグラスを持ち上げてまたウイスキイを飲んだ。しばらく黙ってホークを見ていた。

「失礼なことを言うつもりは毛頭ないが、ホーク」トニイが言った。「お前がおれを信じようが信じまいが、おれはまったく意に介していない」

「娘はいるのか?」ホークが言った。

トニイが黙って彼を見ていた。

「おればほかになにも言うことはないよ、ホーク」

「これはばかげている」ホークが言った。「おれはいずれ調べ出す、お前から聞き出してもどうということはないはずだ」

「お前とは長い付き合いだ」トニイがホークに言った。「時にはなにがしかの金をお前に払ったことがある。お前といさかいが生じたことは一度もない」

「今はある」ホークが言った。

「お前はすでにこのことで死に損なったばかりだ」トニイが言った。

「どのことで?」ホークが言った。

トニイは首を振った。ドアのそばで、タイ・ボップが銃身の長いセミ・オートマチックを脇に下げて持っていた。カウンターでジュニアが銃身を詰めた散弾銃を持っていた。トニイのオフィスがある辺りから男が二人出て来た。二人とも散弾銃を持っていた。エボニイ・アンド・アイヴォリイの五、六人の食事客が、肩を丸めてできるだけ小さくなろうとしたまま席で凍り付いていた。撃ち合いが始まったら床に伏せる構えでいる。ホークがゆっくりと部屋を見回した。到達した結論に一人で頷き、立ってドアのほうへ歩いて行った。私は付いていった。ホークがドアを開けるにはタイ・ボップが少し脇へ寄らなければならない。ホークは無視していた。ドアに達して彼が開けると、タイ・ボップが半歩道を空けた。ホークが通った。私はちょっと立ち止まってトニイのほうを向いた。

「これでは、どう見てもお前の事業拡張計画の役には立たない」私は言い、ホークに続いて店を出た。

後ろでタイ・ボップがドアを閉めた。

22

「おれたちはまさに運が付きまくっているな」私がホークに言った。「おれたちが話をする相手はみんな、死んでいるか、おれたちを殺したがっている」

「逃げ足の速いデューダはべつかもしれない」

「お前の推測ではどうだ？」

「彼も死んでるな」

ホークは、ほかのあらゆることをやる場合と同じで、まるでそれをやるために生まれて来たかのように車を運転していた。その結果、ナヴィゲーターはまるでポルシェのように、雪で車の動きの鈍い道路を走っている。

「あのウクライナ人たちと話したい」ホークが言った。

「連中はあまり歓迎している風じゃないな」

「通訳が必要だ。ポート・シティの時と同じように」

「メイ・リンが頭に浮かぶが、彼女はお前にぞっこんだったよ」

「もちろん、彼女はそうだった」

「それに、彼女は中国人だった」

「それは気付いていたよ」ホークが言った。

「だから、たぶん彼女は、ウクライナ人の場合はうまくいかないにちがいない」

「お前たち白人はつねに、我々黒人が、欲せることをやれない理由を思いつくな」

「欲せる？」

「おらあ、ちゃんとしたアクセントの練習をしてるだ」

「その必要はないよ。お前が黒いのをおれは知っている」

「ことによると、スーザンがハーヴァードの誰かを知ってるかもしれないな」

「警察はハーヴァードから一人連れて来た」私が言った。

「彼はどれくらいもったのだ」

「二十分」

ホークは黙って頷いていた。私たちは、今は、マサチューセッツ街を西へ、バック・ベイに近づいていた。

「通訳がいるといいな、なにか通訳が必要なことに出くわした場合に備えて」

私たちはコロンバス街を渡り、かつてハイ・ハットが建っていたコミュニティ・センターを通り過ぎた。それが二階だったように覚えている。そこからシンフォニイ・シッドがラジオ・ショウをやっていた。イリノイ・ジャケットがそこで演奏した。コロンバスを越えて、私がかつてワイルド・ビル・デイヴィッドソンを聞いたサヴォイを通り過ぎ、ハンティントン街を渡り、シンフォニイ・ホールの前を通った。

「アイヴズ」私が言った。

「アイヴズ？」ホークが言った。

「例の秘密工作員だ」

「彼がどうした？」

私たちはボイルストン通りの信号で停まった。ホークとしては精一杯の法遵守だ。

「彼はウクライナ語を話す者を誰か知っているはずだ」

「それで、彼がおれたちの手助けをしてくれる、なぜ？」

「彼はおれたち二人を正義の味方だと思うからかな？」

「もちろん、彼はそう思うだろう」ホークが言った。

信号が変わった。私たちはボイルストンを渡った。

「彼と話してみる」私が言った。

ビーコン通りでホークは左折し、さらに一ブロック先でストロウ・ドライヴへの傾斜路を上って、川沿いに西へ、ボストン大学を通り過ぎた。

「セシルを迎えに行かないのだな」私が言った。

「彼女は、スーザンのところでおれたちと会う、と言ってた」

右手で川の大半が凍結していて、中央のここかしこにわずかな水面が見える程度だ。凍結した部分は早くもほこりで汚れ始めていて、中央の水面は鉄のような冷たい色に見える。

「トニイの娘について多少判るといいな」私が言った。

「いずれ判るよ」ホークが言った。

「彼に娘がいれば」

「いれば」

「それについて、なにか知っているのか？」

「いや。お前は？」

「どうしておれが知っているのだ。白人はおれだぞ」

「そうだった」ホークが言った。「思い起こさせてくれてどうもありがとう」

左手にマサチューセッツ高速道の醜い高架があって、その向こうのかつてのブレイヴズ・フィールドは今はボストン大学の一部で、回りに高層の寄宿舎が建っている。まさにその位置にかつては野球場があったのだ。

「彼に前妻がいる」ホークが言った。

「彼女には娘がいるのか？」

「知らない。彼女はレズビアンだ」

「ほんとに？　トニイと結婚した時、彼女にはそのことが判っていたのか？」

「どちらも知らなかったのだと思う」

「その前妻がどこにいるか、知っているのか？」

「知っている人たちを知っている」

「お前が彼らに訊いてみるべきかもしれない」

「まさしくそうだ」ホークが言った。「訊いてみることにしよう」

「あきれたな」私が言った。「今、黒人言葉を使う。次の瞬間、ノエル・カワードだ」

「おらあ、多様性を信奉してるだ」

私たちはアンダーソン橋を渡り、ハーヴァード・スクエアの縁を回った。五分後にスーザンの私道に入ったが、誰かが親切にも除雪していた。

「彼女は料理をするんじゃないだろう、どうだ？」ホークが言った。

「しないことを願っているよ。セシルは料理できるのか？」

「知らない」

「出前を取ってくれることを願おう」私が言った。

23

アイヴズは今は、フォート・ポイント水路を渡ってすぐの南ボストンに移っていて、ファン波止場の新しい連邦裁判所にいる。裁判所の上階に行く者は全員金属探知器の検査を受けねばならないので、自分の車のグラブ・コンパートメントに拳銃を入れて錠を掛け、丸腰の危険を冒して入っていった。

検査を楽々と通過《パス》すると、エレベーターでアイヴズの階へ行った。細かい凹凸のあるガラス・ドアに〈勧告統合顧問室〉とだけ黒い字で書いてある。アイヴズは独特のユーモアのセンスを具えている。ドアを開けると、年配の顔立ちの整った銀髪の女性が、非常に地味なスーツを着て受付のデスクに坐っていた。がらんとした部屋だ。窓がない。絵がない。標識がない。天井に照明があった。

「スペンサー」私が言った。「アイヴズに会いに」

彼女はあいまいな笑みを浮かべて電話を取り、ダイアルした。

「スペンサーです」

ちょっと聞いて受話器を掛けた。

「ミスタ・スペンサー、彼はすぐ迎えに降りて来ます」

「ありがとう」

ふつうなら坐るところだが、椅子がなかった。女性の後ろのドアが開いて、アイヴズがいた。

「これはこれは」彼が言った。「若きロキンヴァー」

彼が頷いて、一緒に来るように、と招いたので、彼に付いてドアを通り、無印のドアが並ぶ狭い通路を進み、ボストン港と市街の壮大な景色が見える角部屋へ行った。彼が身振りで、真鍮の鋲の頭がたくさん付いている黒革張りの大きな椅子を勧めた。

「飲み物は？」彼が言った。

私は首を振った。

「とにかく、我が信頼できる同僚」彼が言った。「元気そうだな。完全に回復したのかな？」

アイヴズは、棺桶のセールスマンのような偽りのない誠実さを具えている。痩せていてやや背が高く、ナチュラル・ショルダーに仕立てた三つボタンのスーツを着ている。今では白いものの混じった砂色の髪は長く、後ろに梳き上げてある。一見、詩人のようだ。本物に会ったことのない人が見れば。最後に私たちが仕事をした時、私はもう少しで死ぬところだった。

「元気だ」

「それで」窓から専用の景色を眺めながら、彼が言った、「どういうことで私の仕事場に来たのだ」

よけいなおしゃべりは終わりだ。

「ウクライナ語に堪能でタフな男が必要なのだ」

アイヴズが微笑した。

「みんなそうだ」

「あんたのような仕事では、誰かに出会っているかもしれない、と考えたのだ」

「私のような仕事では、ほとんどあらゆる人間に出会っている」

私は頷いて待った。

「ウクライナ人は凶暴な人種だ」アイヴズが言った。「第二次大戦中、ウクライナ人の親衛隊の部隊があったのを知っているか」

「それは知っている」

「きみのような性質の仕事をやっていて出会うようなウクライナ人は、最悪の種類である可能性を有している」

「最悪だ」

「きみのアフリカ系アメリカ人の同僚は元気なのか？」アイヴズが言った。

「なにも誇示する必要はないよ」私が言った。「あんたが見過ごすことはあまりないのは、すでに知っている」

アイヴズが微笑した。

「私の職業のせいだ」

「通訳は？」

「ある人物を知っているが、それには、えー、ちょっとばかり微妙な面があるのだ」

「勇気を奮い起こすよ」

「数年前、きみは、当時ルーガーと名乗っていた男に、もう少しで殺されるところだったのを覚えているな」

「灰色の男《グレイ・マン》」

「きみは、回復すると報復して、たしか、彼を捕らえ、刑務所に送る、と脅迫した」

「おれたちは取引をしたのだ」私が言った。

「彼はウクライナ語を話す」

「ルーガーはウクライナ人なのか？」

「彼の国籍は知らない。それに、ルーガーは現在の彼の名前ではない。しかし、彼は多くの国の言葉を話すし、ウクライナ人を恐れていない」

「それ以外のことも」

「私は話し合いの手配をすることができるかもしれない」

「頼む」

「きみたちの過去の関係が阻害要因になる可能性は？」

「おれのほうにはない」

「それに、たぶん、彼のほうにもないだろう」アイヴズが言った。「なんと言っても、灰色の男《グレイ・マン》はプロフェッショナルだ」

「おれたちみんなそうだ」私が言った。

24

灰色の男《グレイ・マン》は公共の場所を求めたので、ホークと私は、クインシイ・マーケットの中央広場で彼と会った。そこは旧マーケット・ビルの、中央に高い丸天井がある円形の広場だ。食べ物を食べるためのテイブルやベンチがある。広場から延びている二本の翼棟は食べ物の屋台が占めていて、広場はたいがい観光客やメルローズから来たハイ・スクールの生徒で一杯だ。ホークと私は、広場全体が見渡せる壁際のテイブルでコーヒーを飲んでいた。

そこへ彼が来た。

相変わらず灰色で、灰色のトレンチ・コート、灰色のスラックス、黒い靴、灰色の髪をなめらかに後ろへ梳き上げ、トレンチ・コートの上から灰色のタートルネックが覗いているる。相変わらず長身で、相変わらず右耳にエメラルドの飾りを付けている。広場の床をまっすぐ歩いて来て、ホークと私の向かいに坐った。

「まだ誰もあんたを殺していないようだな」彼が私に言った。

ホークが無表情に彼を見ていた。

「あんたがいちばん近かった」私が言った。「おれたちはいまだにあんたをルーガーと呼ぶのか？」

彼が肩をすぼめた。「それでいいだろう」

「ウクライナ語を話すのか？」私が言った。

「話す」ルーガーが言った。

かりにホークの視線に気付いているにしても、彼は顔に表さなかった。完全に無表情だ。なにも感じないようだった。必要に応じて動き、その場合も無駄な動きはまったくしない。

「あんた、おれを知ってるか？」ホークが言った。

「ホーク」

「トラブルが怖いか？」ホークが言った。

「いや」ルーガーが言った。

「希望金額は」ホークが言った。

「通訳するだけ？」ルーガーが言った。

「そうだ」

「それ以外に任務はない？」

「それ以外の任務はあんた次第だ」ホークが言った。「おれは通訳としてあんたを雇う」

ルーガーがホークに金額を言った。

「オーケイ」ホークが言った。

ルーガーが私を見た。

「あんた、これに加わっているのか?」

「そうだ」

「私とはなにも問題はないな?」

「ない」

「私もあんたとはない」

「おれたちは手を繋いで」私が言った。「テイブルの周りを踊ってもいい」

「あんたには知る権利がある」ホークが言った。「遅かれ早かれ、あちこちで撃ち合いが始まる」

ルーガーが頷いた。

「それに加わるためにあんたを雇うんじゃない」ホークが言った。

「判っている」

「加わる場合は、まちがいなくおれたちの側に入ってもらいたい」

ルーガーの顔がかすかに動いた。微笑したのかもしれない。

「いいだろう」彼が言った。

25

　暖かい雨で脇へ寄せた雪が減っているが、いずれにしても雪はとっくに汚くなっている。ホークはケンブリッジ通りの消火栓のそばに駐車した。彼と私はMGH近くの建設現場をぶらぶらと通り抜けて、二人とも粋にコートの襟を立ててチャールズ通りを上って行った。私のは前がジッパーになっている艶のいい黒だ。ホークはもっとありふれたバーバリイのトレンチ・コートだ。私はピッツバーグ・パイレーツの野球《ベースボール・キャップ》帽をかぶっていた。ホークはサン・フランシスコ・ジャイアンツの帽子を後ろ前にかぶっている。

「帽子を後ろ前にかぶるには、少々年を取りすぎているんじゃないか？」私が言った。

「もっと若かったら」ホークが言った、「横向きにかぶってるよ」

　私たちは左に折れてリヴィア通りを一ブロック上って行った。ビーコン・ヒルの大部分と同じように、通りに赤煉瓦の建物が並んでいるが、その大半は四階建てのタウン・ハウスだ。私たちが立ち止まった家は、表のドアがぴかぴかの黒塗りで覗き窓があり、磨き上げた真鍮の大きなドア・ハンドルが付いている。ホークがベルを鳴らして、覗き窓から見える辺りに立った。間もなく、ドアがチェイン・ボルトを掛けたままわずかに開いた。緑色の縁の大きな眼鏡を掛けた黒人女性が覗いた。

「なにか？」

「ナタリイ・マーカス？」ホークが言った。

「ゴダード」彼女が言った。

ホークが頷いて微笑した。

「ナタリイ・ゴダード」彼が言った。

彼が本気で精彩を加えると、その微笑は驚くべき効果を発する。温かみ、親密さ、偽りのない個人的敬意を生み出すのだ。

「おれの名前はホーク」彼が言った。「トニイの娘についてあんたと話をする必要があるのだ」

「どんな理由で、私が彼女のことを多少なりとも知っている、と考えるの？」その女性が言った。

「あんたがかつてトニイと結婚していたことを知っている。そう考えることが理にかなっている、と思ったのだ」

「彼女は私の娘ではないわ」ナタリイが言った。

彼女は慎重なワスプ的気取った発音をするが、彼女のようにワスプでないことが明確な人間の場合は奇妙に聞こえる。

「雨を避けて中に入るわけにはいかないだろうか？」ホークが言った。「できれば、玄関でその話をするとか？」

ホークは物真似が非常に上手で、彼女のアクセントを真似ることにしたのではないか、と私は思った。彼女が私を見た。

「それで、こちらのお方は？」

「おれの助手だ」ホークが言った。「名前はスペンサー」

ホークがまた彼女に微笑した。彼女はしばらくなにもしないでいた。

そのうちに言った、「中に入る必要はないわ。私はこの場であなたと話をしてもいっこうにかまわない」

「お望みなら」ホークが言った。

彼ががっかりしているのが判った。雨は気にしていないが、精一杯の微笑が通用しなかったのが悔しいのだ。

「それで、ドロレスは今いくつなのだろう？」ホークが言った。

「ドロレス？」

「間違えたかな？」

「彼女を知っているもの、と思ってたわ」

ホークがばつの悪そうな顔をした。

「知っているが……名前は……たいへん恥ずかしい」

「ジョリーン」ナタリイが言った。

「そうだった」ホークが大きな笑みを浮かべて言った。「ドロレス……ジョリーン……間違えやすい」

ナタリイがかすかに笑みを見せた。

「ジョリーンは今いくつになるのだろう？」ホークが言った。

「私は十年前にトニイと一緒だった……」彼女は無言で計算していた。「今では二十四になってるはずだわ」

「彼女はトニイと暮らしている？」

「母親とは暮らしていないわ」

「あの二人は離婚したのかな？」

「トニイとヴェロニカ？　もともと結婚していなかったと思うわ」

「しかし、トニイはジョリーンを自分の娘と認めている」

「もちろん、そうよ」ナタリイが言った。

ナタリイが別の言葉に切り替えたかのように、〝そうよ〟が口から滑った。

「なぜ、〝もちろん、そうよ〟なのだ？」ホークが言った。

「トニイは全人生でなにも愛したことがない。それが、ジョリーンを愛することにしたのよ」

「ジョリーンはどこがよくないのだ？」ホークが言った。

雨がひっきりなしに降っている。前にジッパーの付いた私のすばらしい黒のレインコートも含めて、あらゆる物がきらきら光っている。リヴィア通りを往き交う車が私たちのすぐそばを通って行く。

「ジョリーンはあらゆることでよくないわ」ナタリイが言った。「麻薬、セックス、アルコール、反抗、人を軽蔑。彼はもとの彼女が判らないくらい、彼女を甘やかして駄目にしてるわ」

ことによると、外国語と思われたのが彼女の本来の言葉なのかもしれない。

「彼女はどこに住んでいるのだ？」ホークが言った。

「現在の夫と一緒だと思うわ」

「驚いたな」ホークが言った。「彼女が結婚したことすら知らなかったな」

「していないのかもしれないけど、私はしてると思う。いずれにしても、ブロックと一緒に暮らしてるわ」

「ブロック？」ホークが言った。

「ブロック・リンボウ」彼女が言った。「噂では、彼は彼女よりひどいらしいわ」

「彼らがどこに住んでいるか、知っているのか？」

「波止場のどこかだわ」

「住所を持っていないだろうな？」

「とんでもない」彼女が言った。「私は、トニイ、あるいは彼の恐ろしい家族とは、もう何年も接触がないわ」

私はそうとは信じなかった。

ナタリイは、それが面接を終える言葉だと考えたらしく、言った後ドアを閉めた。

「ブロック・リンボウ？」私が言った。

「黒人のようには聞こえないな」ホークが言った。

「名前を変えたのかもしれない。白人で通そうとして」

「かれの本名はなんだと思う？」

「オールド・ブラック・ジョウかな？」

「たいがいの場合、黒人はもう子供にその名前は付けないな」

私たちは、あらゆる物を溶かすような雨の中を歩いてリヴィア通りを引き返した。水滴が首の後ろで襟の内側に入り込むので、私は肩を丸めていた。ホークにしてみれば、帽子を後ろ前にかぶっているのは、ファッションの誇示以上の意味があったのかもしれない。

チャールズ通りに達した時、私は彼を見てにやっと笑った。

「微笑が通じなかったな」私が言った。「どうだ」

「彼女がレズビアンである証拠にすぎない」ホークが言った。

26

スペンサーの犯罪防止心得第三十一条・名前があって住所がない場合は、電話帳を見よ。見ると、彼らは載っていた。ロウズ波止場の住所を付けて、ブロックとジョリーン・リンボウ夫妻が誇らしげに出ていた。ホークと私はそこへ行った。〝ビッグ・ディグ〟が始まったので、あちこちで高架高速道の鉄骨の撤去が続いている。

ロウズ波止場コンドミニアムは、波止場にある大きくてきれいな複合体の一部で、巨大なアーチとボストン・ハーバー・ホテルが含まれている。リンボウの建物のロビーに、紺のブレザーにストライプのネクタイを締めた保安員がいた。ホークが、リンボウ夫妻、と頼んだ。

「どなたと伝えましょうか？」

「ミスタ・マーカスから来た、と言ってくれ」

保安員が電話をダイアルし、話して、受話器を掛けた。

「あのドアを通って」彼が言った、「階段を下り、右に曲がった二つめのコンドミニアムです」

私たちは行った。そのドアから外に出た。そこは船の停泊場だった。右手に、大きなアーチを通ってホテルに行く遊歩道がある。天候がいい時は、人々は外に出て遊歩道沿いに坐り、香り付きのマーティニを飲み、軽い食事をし、ライヴ・ミュージックを聞く。冷たい雨の中では遊歩道に人はいなかったが、流行の黄色いスリッカーを着た男がただ一人、哀れな白い小さな犬に傘を差し掛けようとしており、アーチに向かって歩いて行く間に、仕上げたばかりの犬のヘアスタイルがひどく乱れていた。私たちはリンボウのコンドミニアムの前の二段を上がってベルを押した。ドアが開き、出たのはブロック自身だった。ロマンス小説の表紙を飾っているような男だ。肩までのブロンド髪、薄青い目、彫りの深い顔、ふくれっ面のような唇、花柄のシャツのボタンを、男らしい上半身の中途まで外している。右手がドアに隠れるようにして立っていた。

ホークが言った、「おれの名前はホーク。これはスペンサー。話をする必要がある」

「トニイがよこしたのか？」ブロックが言った。

「もちろん、そうだ」ホークが言った。「雨が降ってる」

「なにが降ろうと問題じゃない」ブロックが言った。「お前たちがなぜ家に入りたいのか、判ったら入れてやる」

顔立ちのいいコーヒー色の肌の若い女性がリンボウの後ろに現れた。髪を派手にきつくコーンロウズに編んでいる。ひどくエスニックだ。

「誰なの、ブロック？」彼女が言い、かなり大きな胸を彼の左腕に押し付けた。

「野郎が二人、お前の親父がよこした、と言ってるんだ」リンボウが言った。

ジョリーンは素足で、着ている衣類には心持ち大きすぎる。サイズ6くらいに見える。彼女のジーンズはサイズ2らしい。へそのはるか下で終わっている。丈を詰めたTシャツは遙か上のほうまでしかない。形のいい平らな腹をしていて、腕と肩が力強そうだ。

「私は二人を知らないわ」彼女が言った。

「いや、これは驚いた」ホークが言った。「なんと大きくなったな。おれは、きみが生まれた時にはヴェロニカとトニィの知り合いだったんだ。それが、こんなに大きくなって」

私はホークを見た。彼は彼女に会えてたいへん喜んでいる。いかにも親しげな態度だった。私は多少不快感を味わった。

「私のママも知ってるの？」ジョリーンが言った。

「そうだよ」

「ブロック、二人を入れて」ジョリーンが言った。「二人ともいい人のようだわ」

ブロックは頷いて私たちを中に入れた。可愛いレイディが望むことはなんでも。私たちが入って行くと、彼は、ドアの後ろに隠していた拳銃をベルトに差した。それを私が見たのを見て、私と目を合わせた。

「おれのような仕事では」彼が言った。「用心するに越したことはない」ジョリーンがリヴィング・ルームを横切ってソファへ行った。見せびらかし、というほどではないが、たんなる歩行以上の動きであるのは確かだった。ソファの前の低いテイブルにリースリングのボトルが入ったアイス・バケット、半ば空になったグラスが二つのっていた。あるいは、半ば満たした、と言うべきか。ステレオにフュージョン・ジャズらしきものが掛かっていた。私はフュージョン・ジャズが大嫌いなのだ。ブロックが行ってジョリーンのそばに立った。私はドアのそばに立った。ホークは二人の前の房飾りの付いた大きな赤いクッションに坐った。誰も私たちに飲み物を勧めなかった。誰もフュージョンの音量を下げなかった。一枚ガラスの大きな窓を通して、雨で港の灰色の水面に斑点ができているのが見えた。

「あんたたちとブーツ・ポドラックについて話してくれ」ホークがジョリーンに言った。

「いったい、それはどういう質問なんだ」ブロックが言った。

「ブーツ・ポドラックって、誰?」ジョリーンが言った。

「黙れ、ジョリーン」ブロックが言った。

「黙れって、誰に言ってるの?」

「ここにはべつの奇妙なジョリーンがいる」ブロックが言った。「この間抜け野郎どもと話をしてもらいたくない」

「間抜け野郎？」私がホークに言った。

ホークが肩をすぼめた。ブロックが腰のベルトから拳銃を抜いた。

「私の家で人に拳銃を向けたりしたら、承知しないわよ、この馬鹿野郎」

「帰れ」ブロックが言った、「今すぐ、さもないとお前たちの間抜けな頭を吹っ飛ばすぞ」

「どういうことなの」ジョリーンが言った。

「黙ってろ」ブロックが言った。

「間抜けな頭を吹っ飛ばされるのはあんたよ」ジョリーンが言った、「私にそんな物の言い方をするのをパパが聞いたら」

拳銃は九ミリ口径だった。彼は撃鉄を起こしていた。

「黙れ、雌犬」彼が言い、銃を持ち上げた。

ホークが立ち上がった。

「家庭内の意見の相違を引き起こすつもりはない」彼が言った。

私がドアを開けた。ホークが二人に微笑した。

ホークが言った。「ごく近いうちに、またあんたたちに会おう、そう願ってる」

「くそ食らえ」ジョリーンが言った。

私たちは外に出てドアを閉めた。後方で金切り声のどなり合いが始まっていた。

「こんなに大きくなって」私が言った。

「それで家に入ることができたんだ、そうだろう?」

「あまり長くはなかったな」私が言った。「それに、家を出る時、くそ食らえ、が聞こえたような気がする」

「彼女はお前に言っていたのだと思う」

「そうだろう。とにかく、ブーツとなにかが行なわれていることが判った」

「それに、それがなんだか、ジョリーンは知らない」

「それに、ブロックは、自分はタフだ、と思っている」

「それに、おれたちの考えが正しかった」ホークが言った。「おれは、ブロックは兄弟ではないと思う」

「お前の言う通りだ」私が言った。「任務完了だ」

27

ホークと私が、スワン・ボート池《レイク》に掛かっている小さな歩道橋の上でトニイ・マーカスと会った時は、パブリック・ガーデンは暗く、雨で、陰鬱だった。池は水が抜いてあって、スワン・ボートは、みぞれ混じりの雨の下、船体を寄せ合うように傾斜台に並んでいた。トニイはつばの広い大きなソフトをかぶっていた。ツイード・コートの毛皮の襟を立てている。両手をコートのポケットに押し込んで、大きな長い絹スカーフを首に巻き、コートのボタン穴沿いに垂らしている。橋のアーリントン通り寄りの端で、タイ・ボップが惨めに背中を丸めて、まるで雨宿りをする感じでジュニアに寄り添っていた。ジュニアは耳覆いの付いた大きな毛皮帽をかぶっていた。それが、彼が天候に対して行なっている唯一の譲歩であるようだった。その帽子以外、私の見る限りでは、天候などというものがあるのを知らないでいる。歩道橋のチャールズ通り側の端にレナードという男がいたが、彼はトニイの次席で補佐役だ。午後遅くの暗がりの中で彼を見るのは困難だったが、私は、レナードは色あくまで黒く、頬骨の形がいいのを知っていた。彼はホークのように頭をそっている。口ひげと山羊ひげを生やし、いつも非常に上等なコロンのにおいを放っている。タイ・ボップほど射撃はうまくないし、ジュニアほど腕力があるわけではない。しかし、その双方を非常にうまく調和させている。

「ひどい天気だ」トニイが言った。「この話し合いはそれだけの価値がないとまずいぞ」

「ふたこと言う」ホークが言った。「ジョリーン・マーカス」

トニイはなんら反応を示さなかった。

「彼女がどうした？」彼が言った。

「彼女は兄弟以外の男と結婚している」

「彼女がどうした？」トニイがまた言った。

「なにがあるのだ」ホークが言った、「彼女の夫とブーツ・ポドラックの間に？」

私は、前に格好のいいジッパーの付いた黒のナイロン・レインコートを着ていた。両手をポケットに入れていた。右のポケットに九ミリ口径のブローニングが入っている。絶えず握把に手を掛け、撃鉄に親指を当てていた。銃がポケットから出る前に撃鉄を起こすことができる。練習したのだ。仕事から家に帰る人々がガーデンを通っていて、何人かは橋を渡った。しかし、この非情な天候の下で散歩をする者はいない。

トニイは、競売で評価するような感じでホークを見ていた。ホークは待っていた。私はタイ・ボップを見ていた。タイ・ボップが撃ち手だ。ジュニアは、たぶん、コートの下にウージー短機関銃を、ことによるとブル・パップ・タイプの銃を持っているのだろう。しかし、彼はタイ・ボップと違って、人を撃つのが第二の天性ではない。レナードは拳銃を持っているだろうし、射撃も上手にちがいない。しかし、タイ・ボップにとっては、人を撃つことは本能の一部なのだ。彼はそういう男だ。真っ先に殺さなければならないのはタイ・ボップだ。

「なにを知っているのだ？」そのうちにトニイが低い声で言った。

「彼女があんたとヴェロニカの間の子供であるのを知っている」ホークが言った。「彼女が馬のけつのような愚か者と結婚しているのを知っている」

「お前は二人に会ったのか？」

彼の声が前より低かった。

「会った」

「どこで？」

「ロウズ波止場で」

「彼女の家に行ったのか？」

私は心持ち肩を丸めた。

「行った」ホークが言った。

トニイが鼻を通して深々と息をするのが聞こえた。

「彼女はなんと言った？」

私は、自分の僧帽筋のこわばりが緩み始めるのを感じた。

「彼女はブーツについてなにも知らないようだった」ホークが言った。

「ブロックは？」

「知っていた」ホークが言った。「銃を抜いた。おれたちに、たしか、とっとと失せろ、と言った」

「彼がお前に拳銃を抜いた」トニイが言った。

「そうだ」

「お前はそれを見過ごしたのか？」

「そうだ。二人がどなり合いを始め、おれとこの信頼する相棒は引き上げた」

トニイは黙っていた。橋の向こうのタイ・ボップとジュニアのほうを見た。反対側のレナードを見た。心持ち声を高めた。

「車で待ってろ」彼が言った。

ジュニアとレナードは嬉しそうだった。タイ・ボップは失望したようだった。彼らがいなくなると、トニイはポケットから両手を抜いて前腕を橋の手すりに寄せかけ、水のない池の底を見下ろしていた。

「彼女の母親はよくなかった、初めから。おれは彼女と結婚していなかった。ただ、たまに一緒に寝た程度だ。彼女が妊娠した。あの子が生まれると、おれは引き取った。ジョリーンは二十歳だ。ハンプシャー・カレッジに行かせた。二度堕胎した」

彼が話を切った。私は、ハンプシャーと二度の堕胎の間になにか関連があるのだろうか、と考えた。ホークはなにも言わなかった。みぞれ混じりの雨は、さして強くはなく、速くもないが、切れ目なく降っている。

「一年に三万ドル」トニイが言った、「それがお笑いぐさだ。友達のためにセックスしているだけで、この世に敵は一人もいない、と言う」

厳しい言葉だった。ことによると、タフな言い方をすれば、それだけ苦痛が少ないのかもしれない。トニイは相変わらず下を見て、自分に言っているかのように頷いていた。

「そのうちに、あの白人の馬鹿野郎が現れて、あの子は、自分にはこの男以外にいない、と決めた。初めて彼と会った時、おれは、どんな男か判った。しかし、あの子はその男が欲しい。それで、彼と結婚した。おれはサウス・エンドで彼にちょっとした仕事のやりやすい賭け屋の縄張りを設けてやった、楽に生活できるし、借りを踏み倒す者はいない。だが、奴はなんとか商売をこなしてゆくことができない。賭けの支払いを拒否するし、客が不満を口にすると、その客を殴る。客が警察に訴える。おれたちはその店をしばらく閉めて、べつの場所で商売の段取りをしてやる……話は同じだ。あの馬鹿野郎は生活費を稼ぐことができない。しかし、あの子が彼を愛している。ほかの人間だったら、おれはタイ・

ボップに殺させるところだが……」

今ではすっかり暗くなっていた。小雨の中で、ボイルストン通りの明かりの形が崩れていた。

「それで、ブーツのことはどうなんだ」ホークが言った。

「馬鹿な小僧が、おれたちのために新しい縄張りを手に入れることにしたんだ」

「お前と彼が？」ホークが言った。

「そうだ。自分がどんな犯罪の天才か、おれに見せようというのだ。そこで、奴は、マーシュポートに店を出すことにした。あそこは、何人かのヨーロッパ系の連中が支配している黒人の街だ、と言う。街の住人はおれたちを歓迎し、おれたちは足がかりができる」

「それで、彼は、その足がかりを作っている間に」ホークが言った、「ヨーロッパ系の連中はどうしてる、と思ってるんだ？」

「彼は考えないんだよ、ホーク。奴はまったくの馬鹿野郎なんだ。ジムで重量挙げをして拳銃を持っていれば自分はタフ・ガイだ、と思ってる」

「そうではないことを、お前は彼に説明することができなかった」

「おれは彼が成功するのを望んでいない、おれは彼を抑圧してる、とジョリーンが言うんだ。あの子はカレッジに行った、と言っただろう」

「お前は手下を何人か彼が使うのを許した」ホークが言った。

「たしかにそうだが、おれはブーツ・ポドラック相手の大きな戦争は望んでいない」トニイが言った。「マーシュポートのために？　そんなのがビジネス・プランと言えるか？」

トニイが首を振っていた。

「それで？」ホークが言った。

「それで、おれはブーツと取引をした」トニイが言った。「ジョリーンが彼は男だと思えるよう、ブーツはマーシュポートのわずかな縄張りを小僧に奪わせる」

「そして、お前は、自分の事業の小さな一部をブーツに奪わせる」

水のない池の底を見下ろしたまま、トニイが、そうだ、と頷いた。

「そして、」ホークが言った、「場合によっては、お前の縄張りの中で、誰が貧乏くじを引くか、お前とブーツが決める」

トニイがまた頷いた。

「そして、ルーサー・ギレスピイが殺された」

トニイがまた頷いた。

間をおいて、ホークが言った、「お前とは長年の付き合いだ、トニイ」

「そうだな」

「お前が今抱えている以上にトラブルを起こしたくない」

トニイが頷いた。

「しかし、おれは、ルーサー・ギレスピイと家族のために仕返しをしなければならない、それは判るだろう」

「それに、おれは娘の面倒を見なければならない」トニイが言った。

「おれは彼女を傷つけることにまったく関心はない」ホークが言った。

「あの子がなにか欲しがったら、おれは、それをあの子のために手に入れるのに必要なことをやる。今は、彼女は、夫がマーシュポートで一人前になることを望んでいる」

「このことで、お前を避けてやることができるなら、おれはそうする」

「おれも同じようにやる」トニイが言った。

「もし、おれがそうできなかったら……」ホークが言った。

「お前はできない」

「お互いに、そのことを知っておきたい」ホークが言った。

「お互いに判ってる」トニイが言った。

28

ホークと私は雨の中を歩いてボイルストン通りを上り、私のオフィスに行った。私はアイリッシュ・ウイスキイの新しいボトルを開けて、二人のグラスにたっぷり注いだ。

「それで、このことをどのようにやりたいのだ?」私が言った。

「まっすぐウクライナ人たちにぶつかる」ホークが言った。「なにをやるにしろ、リンボウにやらせておく」

「ウクライナ人たちは、たぶん、明確な区別はつけないだろう。連中のほうでトラブルが起きたら、彼らはブロックのほうでトラブルを起こす」

「ということは、おれたちはトニイと面倒なことになる可能性がある」

「クラウゼヴィッツは二正面作戦には賛成しなかったと思う」

「ほかに選択の余地はない」

喉を通るウイスキイが温かく、心地よかった。雨が小止みなくオフィスの窓を打っている。

「ブーツが与えるマーシュポートの小さな縄張りでブロックが満足すると思うか？」

「愚かすぎる」ホークが言った。

「その通り」

「だから、彼は、ブーツから取り続ける。そして、ブーツはトニイからもっと取る」

「そういう状態は、結局はうまくいかない」

「そうだ」

「だから、遅かれ早かれ戦争が始まる」私が言った。「おれたちが加わっても、加わらなくても」

「おれたちがウクライナ人たちを殺してしまわない限り」

「そうなれば、あの若造がマーシュポートを手に入れることになる」

「長くは続かないよ」ホークが言った。

「そうだな。頭が悪すぎる」

「それに、奴はそのことを知らない。それに、奴はタフじゃない。それに、奴は、そのことをも知らない」

「致命的な組み合わせだ」

「トニイの唯一の望みは、それを彼から取り上げることだ」ホークが言った。

「あるいは、娘が彼を諦めることを願うか」

「容易なことだ」

「彼女にとってはそうでないかもしれない」私が言った。

「この先、大勢の人間がおれたちに腹を立てることになる」

「おれたちはそれをなんとか克服するよ」

「はっきり言って、これはお前の戦いじゃない」ホークが言った。

私たちはまたウイスキイを一口飲んだ。雨がひっきりなしに黒い窓を打っている。

「いや」私が言った。「そうだ」

ホークはしばらく黙っていたが、そのうちにゆっくり頷いた。

「そう」彼が言った。「そうだな」

私は立ち上がって窓から外を見た。バークレイ通りは暗く、雨で光って、人気がなかった。何台かの車がボイルストン通りを通って行った。それに、たまに誰かが、前屈みになり、雨に抗して背を丸め、両手をポケットに入れて歩いて行く。暗い雨の中では性別は判らない。

「止めるわけにはいかない」ホークが言った。

「判っている」

「どのようなことになろうと、ひどい状態になる」

「それはたしかだ」私が言った。

「だから、おれたちは、考えていることをやって、ほかの連中がみんなどうするつもりか、あまり考えないのがいいかもしれない」

「それは、おれたちがいつもやってることじゃないか?」私が言った。

「そうだ」ホークが言った。

29

私たちは、今回は、誰も知らない私の車で行き、マーシュポートのマーケット通りにあるウクライナ人たちの要塞から少し離れた辺りで車の中に坐っていた。雨は去り、その後にやって来た寒気は厳しかった。エンジンはかけたままで、ヒーターをハイにしていた。ダッシュボードの寒暖計が外気温をマイナス十四度と示している。

「おれたちがまたしてもこの辺りにいるのはなぜだ?」ホークが言った。

「季節の変化が好きなんだ」私が言った。

通りはほとんど人気がなかった。拾った衣類を何重にも着ている酔っ払いの浮浪者が、マーケット通りをそろそろと歩いている。立ち止まってゴミ箱を覗き、また歩いていった。通りの両側にある三階建ての家の窓のいくつかは板が打ち付けてある。犬はいないし、子供はいない。一人の浮浪者がのそのそと歩いているだけだ。

「貧しい区域のほうが寒いと思うか?」私が言った。

「思う」

「神が金持ちに恩恵を施すからか？」

「だから彼らは金持ちなんだ」ホークが言った。

「ラクダが針の穴を通り抜けるほうが……」

「連中が出てきた」ホークが言った。

オーバーコートにウォッチ・キャップをかぶった男が二人、砦から出て来てシヴォレー・サバーバンに乗り込んだ。私たちが見ていると、エンジンをかけた車のテールパイプから白っぽい排気が噴き出た。私たちはみんな、デフロスターがシヴォレーの窓の曇りを払うまで坐っていた。やがてシヴォレーが動き始めてマーシュポート・ロードに向かった。私たちは、かなりの間隔が開くまで待って彼らの後について行った。道路を何台かの車が走っており、1A号線に出るとその数が増えた。開放的な高速道では、尾行している車について行くのは楽だが、見られるのを避けるのは困難になる。市中では、見られないでいるのは容易だが、尾行の相手を見失わないでいるのはもっと困難になる。幸い、私はその双方のやり方では全国的なランクに入るので、ウクライナ人たちがブルー・ヒル街の中古家具店の前で停まった時、彼らは尾行者はいないと思っていた。

その店は、灰色の塗料が剝げかかった木造三階建ての建物の一階にある。その片側に酒屋、反対側に家電修理店がある。店は、かつては食料品を売っていたように見える。表の大きな窓が寒さで曇っていた。表のドアの上半分のガラス窓の内側に大きな看板が貼り付けてある――〈中古と新品家具売買〉。栗色の古いダッジ・ヴァンが店の前の通りに駐めてある。ハブキャップがない。ウクライナ人たちは、エンジンをかけたままそのヴァンの横に自分たちのサバーバンを並列駐車した。二人が店のほうへ歩いて行く途中、一人が、キー・チェインに付いているドア・ロックのリモコンを考えるでもなく押した。左右のテールライトが一度点滅した。男たちは家具店に入って行った。

「おれたちは彼らのすぐ後ろに付いている必要がある」ホークが言った。「連中は長居をするつもりはないようだ」

ホークが車から降りた。いつもの大きな・四四口径マグナムを右手に持っていた。私は愛用する・三八口径を出した。相手は二人しかいないようだし、私はその小さな回転拳銃《リボルバー》に愛着があった。ホークは、まるでヨットに乗り込むような感じでドアを通った。その大きな・四四口径を右側に提げている。私は左右をちらっと見ると、彼を追って入って行った。入ると、カウンターの向こうで、短くした野球のバットを持っている背の低い太った黒人が、二人の大きな白人と自分の妻の間から離れまいと努めていた。私たちが入って行った時、白人の一人がバットを指して笑い、自分のレザー・コートが覆っているベルトの辺りを軽く叩いて笑っていた。彼が相棒に英語でない言葉でなにか言った。私たちの後ろでドアが閉まった時、ドアに付いている小さなベルが鳴り、白人二人がこちらを向いた。

私はホークから離れた。標的二つのほうが一つより難しい。私たち四人は互いに相手を見たまま立っていた。

「何事だ？」ホークが言った。

誰も口をきかなかった。ホークが背の低い黒人を見た。

「おれの名前はホークだ」彼が言った。「おれはお前の側だ」

「その男が、わしたちがこの店の譲渡契約にサインしなかったら、わしたち二人を殺す、と言ってるんだ。彼女から先に」

その二人の白人が、馬鹿にしたような表情で私たちを見ていた。レザー・コートの男が、

「どこか、行け」と言い、ドアのほうへ手を振った。ホークが二人の大きな白人を慎重に見回していた。

「ダニルコ・レフコヴィッチ？」彼が言った。

レザー・コートの男が、「ヤー」と言った。

一言も発しないで、ホークが・四四口径のマグナムを持ち上げ、その男の額を撃った。男は後ろに倒れて死に、小さな店の汚れた緑色の壁に頭を寄せかけて横たわっていた。聞こえるのは、一瞬前の爆発の無音の残響と、夫に庇われたままの妻が発している低い泣き声だけだった。ホークは、レザー・コートの男が床にぶつかる前に、すでに拳銃を二人目の男に向けていた。二人目の男は無表情にホークを見つめていた。たいがいの人間は死ぬのを恐れる。その男が恐れているにしても、表に出ていなかった。

「英語を話すか？」ホークが彼に言った。

男はなにも言わず、動きもしなかった。ただホークを見ていた。

「彼はわしに英語で話したよ」店の主人が言った。

彼は、短くしたバットをまだ持っていたが、使い道はなかった——事実、もともとなかったのだ。ホークが二人目の白人を見た。白人が見返した。

「ファデュシュカ・バディルカ？」ホークが言った。

男が頷いた。

「おれが誰か、知ってるな」ホークが言った。

男は肩をすぼめた。

「おれはルーサー・ギレスピイの護衛をしていた男だ」ホークが言った。

男がかすかに笑みを浮かべた。

「次はお前を殺す」ホークが言った。

男は相変わらずかすかに笑みを浮かべていた。

「しかし、今はやらない」

ホークが親指でぐいっとドアを指した。

「失せろ」彼が言った。

男はわずかに肩をすぼめてまっすぐ私たちの前を通り、床の相棒をちらっとも見ずに表のドアから出て行った。リモコンで車のドアを開け、乗って走り去った。

「おれたちは彼を怯えさせなかったようだな」私が言った。

「そうだな」

　ホークが店の主人を見た。

「最近、トニイ・マーカスと意見の食い違いがあったのか？」彼が言った。

「わしはもうトニイとは仕事をしていない」店の主人が言った。

　ホークが頷いた。

「後始末はおれがやる」彼が言った。「しかし、しばらく掛かる。おれがお前だったら、ミセズを連れてしばらく暖かい土地へ行くな」

「それで、わしのビジネスはどうなるんだ？」

「お前が死んだら、同じことになる」

「連中は戻って来ると思うか？」

「彼らは戻って来る」ホークが言った。「おれはいつもここにいるわけじゃない」

　店の主人が頷いた。妻は泣くのを止めていた。

「私たち、妹のところへ行くわ」彼女が言った。

　夫は、死ぬほうがましかもしれない、という顔をしていた。

「そこへ行け」ホークが言った。

「場所はアーカンソーなんだ」店の主人が言った。

ホークがにやっと笑った。

「とにかく、そこへ行け」

ということで、私たちは店を出た。

車の中で私が言った、「それが、お前が彼を撃たなかった理由だ」

「なにが理由だ?」

「彼が怯えなかったから」

「死ぬことを恐れない人間を殺すのは、さして正義とは言えない」ホークが言った。

「あるいは、復讐」

「おれは物事をバランスの取れた状態に戻そうとしているんだ」ホークが言った。「あれは正義であるようにおれには思えた」

「お前がやる時は復讐だ。国がやる時は、社会的報復だ」

「それを、国は正義と呼ぶ」

「その通り」私が言った。「立場が変われば、すべて好都合だ」

ホークが私を見てにやっと笑った。

「どっちが正義だ」彼が言った。「どっちが泥棒だ?」

「シェイクスピアは〝どちら〟を使ったと思う」私が言った。「〝どちら〟が泥棒だ」

「シェイクスピアは黒人じゃなかった」

「それは判っている」私が言った。

30

ホークと私は、私のオフィスに戻って、人気のないビルの中で、ほとんど人通りのない交差点を窓から見下ろしながら、ビールを二本ほど飲んだ。

「あれは、誰にとっても、あまり役に立たなかったな」ホークが言った。

「店の主人の命を救ったな」

ホークが呻いた。

「店の主人」彼が言った。「あそこで賭け屋をやってる男。ウクライナ人たちはあの店は欲しくない、客の台帳が欲しいんだ」

「この件が始まって以来、いまだに判らないでいるのだが、ブーツ、あるいは誰であれ、事業を運営している者は、完全な黒人居住区の犯罪業を乗っ取って、中央ヨーロッパからの白人をスタッフにし、顧客は相変わらずやって来る、と思っているのだろうか？」

「スタッフ用の同郷のじいさんが何人かいるのかもしれん」ホークが言った。「実際は、あまり関係がないのだ。黒人の中には、兄弟相手のほうが気楽なのがいるが、みんながそうというわけじゃない。黒人の中には、相手が兄弟だと、あまりいい人間じゃない、と考える者がいる」

「お前はそんなに頭がいいのに、どうして白人じゃないのだ？」

ホークが頷いた。

「それに、賭け屋あるいはぽん引きあるいは麻薬を売ってくれる者が必要な連中は、通常、なんとしても必要なために、誰であろうと窓口にいる人間と取引をする。賭ける場所が必要で、そこには賭け屋がヨシフ・スターリンしかいない場合」――ホークが肩をすぼめた――「彼らはヨシフ相手に賭ける」

「偉大なる平等主義者だ」

「必要なんだ」

「そうだな」私が言った。

私たちは、ビールをちびちび飲みながら、街の明かりがともっている夜を眺めていた。

「これからどうする」私が言った。

「おれたちは、生き残ったウクライナ人が帰って、なにがあったか報告させておき、どういうことになるか、見ることにした」

「もっと遠大な計画がなにかないのか？」

「おれは、ブーツを殺して、この件全体に終止符を打つことを考えている」

「そして、マーシュポートを解放する?」

「そうだ、もちろん」ホークが言った。「それもある。ヴィニイと話したのか?」

「待機させてある」

「彼が必要になるかもしれない」

「お前は彼に来てもらいたくないもの、と思っていたよ」

「彼におれを護ってもらいたくない」ホークが言った。「マーシュポート解放となると、話は違ってくる」

「この件についてよ、トニイ、どう感じるかな?」

ホークが目を丸くして私を見た。

「どうして妙な物の言い方をするんだ?」彼が言った。

「お前と過ごす時間が長すぎるんだ」

「おれと過ごす時間が長すぎることなど、ありえないよ」

「だから、トニイはこれに対してどのように反応するだろう?」

「判らない」

「おれたちは二正面戦争は戦いたくない」私が言った。

「やらざるをえなくならない限り」

「トニイの立場で考えてみよう。彼は誰にも劣らずポドラックが好きじゃない。彼は、たんに、義理の息子が大物になった気分になり、娘が未亡人にならないために、手を結んでいるにすぎない」

「おれには関係のないことだ」ホークが言った。

「だから、お前がウクレレ兵士の一人を殺し、ポドラックは、取引の一部ではない、と考える」

「そこで、ポドラックがトニイに抗議する。トニイはウクライナ人たちを護ることになっており、ポドラックは護る振りをする……あの若造の名前はなんといったかな？」

「どうして忘れられるのだ。ブロック・リンボウ」

「そうだ。しかし、おれがトニイに、これ以上下っ端兵士を殺すつもりなどない、と言えば、トニイはそれを自分の功にし、すべてが丸く収まる」

「そして、ポドラックがいよいよ倒れるとなったら」私が言った、「お前が最後の一押しをするのすら、トニイが手伝ってくれるかもしれない」

「だから、おれたちはトニイと戦わない。彼をおれたちの側に付かせる」

「当面は」

「ヒトラーとスターリンの不可侵条約のように」ホークが言った。

「どうしてヒトラーとスターリンのことを知っているのだ」

「どこかの白人が話してるのを聞いたんだ」

「トニイが乗って来ると思うか?」私が言った。

「乗るさ。そのことについておれたちと戦うより楽だ」

「そう思うか?」

「おれたちは手強い相手だ」ホークが言った。

「しかし、なんと愛しやすいことか」

私は冷蔵庫へ行って、ビールを二缶取り出した。

夜も更けていた。私はホークの横に立って静かな通りを見下ろした。ボイルストン通りをイエロー・キャブがゆっくりと通っている。たぶん、フォア・シーズンズに行くのだろう。

「だから、トニイが賛成したら」私が言った、「おれたちはマーシュポートへ行って街を乗っ取ればことがすむ」

「そういう計画だ」

「作戦上の具体的な考えは? 例えば、どのようにして、とか?」

「おれは全体的な構想をお前に話した。お前はなにか貢献すべきだ」

「おれが、〈撃つな〉というウクライナ語を覚えるのはどうだ?」私が言った。

31

　私たちは、駐車場所を探して、リヴィア・ビーチ大通りをゆっくりと進んだ。浜辺に大勢の人が出るのには春はまだ浅すぎ、ホークは、私たちがトニイとブーツに会うことになっている海辺の小さなパヴィリオンから半ブロック離れた辺りに車を寄せた。

　私たちは車の中に坐ったまま、話し合いの場所を見ていた。

「トニイは賛成だ」ホークが言った。「しかし、彼は、ブーツが賛成であることを確認したいし、ブーツがこの会合を要求したんだ」

「タイ・ボップとジュニアだ」私が言った。

　ホークが頷いた。

「あの黒いエスカレードのフロント・フェンダーに寄りかかっている」彼が言った。「ジュニアはフェンダーを壊してしまうぞ」

　銀色のメルセデス・セダンが来て、パヴィリオンの近くで並列駐車した。マーシュポートのパトカーが二台、前後に付いていた。

「あれはブーツにちがいない」私が言った。

「護衛付きだ」ホークが言った。

「彼はマーシュポートの市長だからな」

ホークが私を見てにやっと笑った。

「今のところは」彼が言った。

マーシュポートの警官が四人、パトカーから降りてきてパヴィリオンの四隅に立ち、待っていた。トニイがエスカレードから降りて、私たちが以前に会ったハンサムな黒人、レナードと一緒にパヴィリオンへ歩いて行った。レナードは、完璧に体に合った黒っぽいカシミアのオーバーコートを着ている。オーバーコートを仕立てているのを見れば、相手が衣服に凝る男であるのが判る。

「おれたちの番だ」ホークが言った。「ブーツは大物登場といきたいのだ」

浜辺は風が強く、私は革ジャケットのジッパーを掛けたかったが、そうすると、拳銃をジャケットの内側に閉じ込めることになるので、少々震えることにした。ホークは、寒がっている様子はまったくなかった。そんな様子は一度も見せたことがない。暑い、と感じている様子もまったく見せない。死亡率を非常に軽視する男だ。二人でタイ・ボップのそばを通る時、私は親指を人差し指の上に落として彼を撃つ真似をした。ジュニアはかすかに微笑した。タイ・ボップは私を無視した。大型の四輪駆動車のそばでじりじりしながら立ち、誰かを撃つことを夢想していて私は目に入ってすらいなかったのかもしれない。

「あの若者はこれ以上痩せたら」私がホークに言った、「自分の銃が自分を撃つことになりかねないな」

「タイ・ボップを甘く見ちゃいけない」ホークが言った。「彼より射撃のうまい人間はそうそういない」

「あるいは、彼以上に喜んで」

「そうだ」ホークが言った。「タイ・ボップはあの仕事が好きなんだ」

私たちは、トニイとレナード、マーシュポートの四人の警官と一緒にパヴィリオンに入った。私たちが入るとすぐ、ブーツがメルセデスから出た。彼と一緒にファデュシュカ・バディルカ、ホークが殺すのを止めた大男のウクライナ人ガンマンだ。

「おれたちはファデュシュカと永続的な友情を築くことになるかもしれない」ホークが言った。

「彼の名前を覚えているのが、手始めとしては成功だ」

四月の初めで、海面から吹いてくる風で冷たかった。しかし、ブーツは一月さなかの服装をしている。顎の下で紐を結ぶ耳覆いの付いた毛皮裏の帽子、黒いムートンの襟が根性の悪そうな顎の下にくっついている黒っぽいウールの分厚いオーバーコートを着ている。両手をポケットに突っ込んでいた。幅の狭い肩を丸めている。彼はまっすぐホークのところへ歩いて来て、一フィートほど前で立ち止まった。

「よし」彼が言った。「話せ」

私は、ホーク、ブーツ、トニィから少し後ろに下がった辺りに立っていて、騒ぎになったら役に立つ場所を見つけようとしていた。誰かが自分を撃ち殺せない場所を見つけるのは困難だった。しかし、考えてみると、ほとんどいつの場合でもそうだ。できるだけのことはした。レナードも同じ位置の問題を抱えているのに気が付いた。パヴィリオンの四隅にいる警官たちが、私たち二人にとって問題なのだ。浜辺には何人か人がいた。ある者は犬か小さな子供、あるいはその双方を散歩させている。ある者はなにか拾っている。私は、人々が浜辺で集める物がなになのか、ついぞ判らないでいる。パヴィリオンのグループに注意を向ける者は一人もいなかった。

「おれはあんたのほうの人間の一人を撃った」ホークが言った。「彼がトニィの保護下にあるのを知らなかった。そのことを謝る。トニイにそう言ったし、あんたにも言う。あんたとトニィの間で約束事が行なわれているのであれば、おれはそれを尊重する」

「トニィとわしの間でどんな約束事が行なわれている、と思っているのだ」ブーツが言った。

「知らないし」ホークが言った、「気にしない。あんたのほうの人間は保護されている、とトニイが言った。それがおれの約束事だ」

ファデュシュカがホークを見ていた。私はファデュシュカを見ていた。トニイと一緒のハンサムな男もそうしていた。

「今の話に同意するか？」ブーツがトニイに言った。

トニイが頷いた。

「はっきり言え」ブーツが言った。

「同意する」トニイが言った。

私は、トニイがリヴィア・ビーチ大通りの通行車の真っ直中へブーツを蹴り込みたがっているのが判っていたが、彼はそれを表に出さなかった。ブーツになにか言う時は、まるで敬意に満ちているように見える。それがまやかしであるのは判っていた。ブーツを尊敬する者はいない。人々は彼を恐れているが、それには相応の理由があるのだ。しかし、それは尊敬とはおよそ無関係だ。その相違についてブーツはなにも知らないにちがいない、と思ったが、かりに知っているにしても、彼は問題にしていない。ブーツが初めて私を見た。

「このとんま野郎はどうなんだ？」彼が言った。

私はホークのほうへ首を倒した。

「おれは彼と一緒だ」

「それで、彼が言う通りにやるんだな？」ブーツが言った。

「やる」

ブーツが鼻を鳴らすような音を発した。彼が大男のウクライナ人のほうを向いた。

「お前はこの話を了解するのか？」

「了解？」ファデュシュカが言った。

「いい加減に言葉を覚えろ」ブーツが言った。「お前はこれでオーケイなのか」

ファデュシュカがしばらくまっすぐホークを見ていた。

「今は」彼が言った。「おれは了解だ」

何羽かのカモメが餌を求めてパヴィリオンの近くでぴょんぴょん跳ねていた。風でハンバーガーの包み紙がそばを飛んで行った。二羽が飛び立って紙を捕まえ、引きちぎってもなにも入っていないので、紙から離れた。

「大事なことを覚えておけ」ブーツがホークに言った。「わしにふざけた真似をするな」

ホークがちょっと微笑したように見えた。

「あんたとトニイが合意している限り」ホークが言った、「あんたとおれは合意している」

ブーツは厳しい目つきでしばらくホークを見ていたが、やがて向き直って車へ歩いていった。ファデュシュカが彼に付いていき、警官たちが持ち場を離れて後に続いた。私たちは、行列が去るまで、風とカモメと共に取り残されて立っていた。

32

セシルは、ビーコン・ヒルのふもと、歩いて通勤できるよう、MGHの真向かいにある門付きの囲いの中にある分譲マンションに住んでいた。その日曜日、私たちがブーツとトニイと会った後、彼女とホークが、スーザンと私を朝昼食兼用の食事に招待してくれた。

二階の広いロフトの、天井まであるいくつものアーチ形の窓をセシルが開けた。床に裾が広がっているアイヴォリーの大きなカーテンは重すぎて、春の微風では吹き流されないが、ホークが私たち一人一人にブラディ・メリイ・ドメスティックを作る間、縁がわずかに揺れていた。

私たちはブラディ・メリイを二杯ほど飲み、私は家に帰った後の昼寝が保証された。セシルとスーザンは医師としての仕事について語り、私は、時折、セックスと野球についての考えを述べたが、大まかに言って、私が考えていることはその程度だ。例によってホークはほとんど口を出さないが、聞いているのを楽しんでいる風だった。私は人間のゲノムに関する本を読んでいた。私たちはそのことについてしばらく話し合った。セシルが、私の父が〝シュリンプ・ウイッグル〟と呼んでいたもの、エビとグリーンピースにクリーム・ソースを掛けた料理の変化したものを供してくれた。セシルはそれをペイストリー・シェルに入れて出した。父はペイストリー・シェルがどんなものか知らなかったが、それにはもっともな理由があった。私たちはエビと一緒に白ワインを少し飲んだ。私がもう少し注ぐためにアイス・バケットのほうに行くと、サイドボードのワイン・グラスの間に、ホルスターに差したままのホークの大きな・四四口径マグナムが置いてあるのに気が付いた。ステンレスの本体はいいのだが、回転弾倉《シリンダー》の中に見える弾薬の真鍮の縁が、ナイフやフォークといかにも不調和だった。

ありがたいことにシュリンプ・ウイッグルが終わりかけた頃、セシルがとつぜんワイン・グラスを置いて、皿を見つめたまま坐っていた。隣に坐っているホークが彼女の腿に手をのせていた。彼女の肩が震え始め、顔を上げた時、涙が流れ落ちていた。ホークがそっと彼女の腿を叩いていた。

「これがとてもつらくて」セシルが言った。

声が震えていた。

「私たち、あなた方が来る前に言い争ったの」

ナプキンで慎重に目を軽く叩いていた。まだ涙が付いていた。

「私たち、ここで坐って食べ、飲み、世間話をしている」彼女が言い、ホークを指差した。

「それが、彼は撃たれて死にかけ、今度は、仕返しをするためにほかの人を殺そうとして、たぶん、すでに殺していて、あるいは仕返しをしようとして殺されようとしていて」——私を指差した——「彼が手伝っている。それなのに、それについて誰も私に話してくれない、説明をしてくれない、その話すらしなくて、ここに坐ってお喋りをし、うわさ話をし、装っている」

ホークは相変わらず彼女の腿を軽く叩いていた。そうでなかったら、まるで彼女の言葉を聞いていないようだった。

「装いではないわ、セシル」スーザンが言った。「この人たちが、あなたが知っているほかの男たちと違っているからといって、本質的に違うということにはならない。彼らが時に生か死かという事柄に関わっているからといって、彼らはほかの場合にセックスや野球の話をして時間を浪費することができない、ということにはならないのよ」

「時間の浪費ではないよ」私が言った。

スーザンが私をにらんだが、そのにらみの縁に、面白がっているのがちらちらっと見えた。

「私は、それは受け入れられるかもしれない」セシルが言った、「ただ、誰かが、彼らはいったいなにを、なぜやっているのか、説明さえしてくれれば」

「なにか、ひどく除け者にされてる気持ちじゃない」スーザンが言った。

「私は怯えている。激しい恐怖感に襲われている。理解ができない。しかも、私を愛していることになっている男は、自分のことを説明すらしてくれない」

私は、〝私を愛していることになっている〟という言葉がスーザンの耳に入っているのは判っていたし、それが一つのこと以上の意味を持ちうるのを、彼女が知っているのも判っていた。しかし、スーザンは、日曜日の午後、一杯飲みながら精神科医としての蘊蓄を傾けるのには反対だ。ありがたいことに！

「ことによると、彼は説明できないのかもしれない」スーザンが言った。

「それなら、説明できない、と彼に言ってもらいたい」

スーザンは黙っていた。私も黙っていた。ホークがそっとセシルの腿から手を引いて立ち、サイドボードへ歩いて行った。ホルスターに差してある銃を取り上げて向き直り、表のドアから出てそっと閉めた。私たちみんな、しばらく黙っていた。

間もなくセシルが、「おお、神様！」と言い、泣き始めた。彼女が泣いている間、私たちは黙っていた。そのうちに彼女の泣き方が次第に収まり、ナプキンでまた目を押さえていた。激しく泣いたために、目のメイキャップが少し流れていた。

「ご免なさい」ようやく彼女が言った。

「ホークを愛するのは容易なことではない」私が言った。

「あなたにとっては容易なことのように見えるわ」

「段階を経て」私が言った。

セシルが私に向かってつんと顔を上げた。愛情がこもっているとは言い難い仕草だった。

「スペンサーはあなたに話すの？」彼女がスーザンに言った。

「そう、話すわ」

「それで、あなたは彼が理解できるの？」

「できるわ」

「どうして耐えられるの——銃、タフ・ガイ的な行動？」

「私たちの繋がりはそれだけの価値があるように思えるの」

「それで、あなたは彼を変えることができない？」

「彼は変わったわ」スーザンが言った。「私たちが初めて出会った時の彼を見せたいわ」

彼女はちょっと笑みを浮かべて私を見た。

「どのようにして彼を変えたの？」セシルが言った。

「私が変えたんじゃない。彼が変わったの」

セシルが、どういうわけか、ホークを私の落ち度と思っているのか、険しい表情で私を見た。

「そうなの？」

「おれはいろいろなことを彼女から学んだ。なんと言ってもおれは彼女を愛しているのだ」

言った瞬間に、絶対に口にすべきでない文句であるのが判っていた。

「それで、ホークは私を愛していない？」

「彼が付き合っているのをおれがこれまでに見た中で、彼は誰よりもきみを愛している」

「なんと嬉しいこと」セシルが言った。

ホークがいないので、彼女は怒りを私に向けている。

「あなたがグレイ・マンに撃たれた時のことを、彼女に話したの？」スーザンが私に言った。

「ある程度」

「彼はもう少しで死ぬところだったの。回復するのに一年かかったわ。ホークと私が彼をサンタ・バーバラのあるところへ連れて行って、ホークが彼にリハビリを施したの」

セシルが頷いた。

「どうしたの」スーザンが言った、「十分に回復した時」

「彼を見つけて刑務所に入れた」

「彼はずっと刑務所にいたの？」

「いや、おれたちは取引をした。彼がおれのためにある事件を解決した。地方検事が彼を釈放した」

「あなたは気にならなかった？」スーザンが言った。

「彼が釈放されたことで？　ならなかった。いずれにしても、おれたちはあいこだった」

スーザンが、お互いに秘密があるような表情でセシルを見た。

「どうして彼を追って見つけたの？」スーザンが言った。

「おれは、誰かがおれを撃って逃げおおせるのを、放っておくことはできない」

「どうして？」

「ビジネスに非常な悪影響を及ぼす」

「ほかになにか理由は？」

「その事件を解決するのに彼が必要だった」

「彼を見つけるのを、警察は手伝ってくれたの？」

「いや」

「どうして？」

「おれは自分でやる必要があったのだ」

スーザンはなにも言わなかった。彼女とセシルがまた秘密を分かち合っていた。私は白ワインを少し飲んだ。ふつうのシャルドネだ。あまり気に入らなかったが、急場のしのぎだ。その瞬間、気が付いた。スーザンが自分をどこへ誘導したか、なぜそうしたのか。

「おれは怖かった」私がセシルに言った。「そのグレイ・マンが怖かったし、死ぬこと、彼女に二度と会えなくなることが怖かったのだ」

「スーザンに会えないこと」セシルが言った。

「そうだ。耐え難かった。おれは恐怖心を抱いていたら、自分がやっていることをやれないし、本来の自分ではありえない」

「だから回復して、また馬に乗らなければならなかった」セシルが言った。

「そうだ」

セシルは黙って、私を見、スーザンを見ていた。

「彼は怖がっている」そのうちに彼女が言った。「あなたと同じように」

スーザンが頷いた。

「しかも、彼はそれが言えない」

「彼は、それを知らないですらいるのかもしれない」スーザンが言った。

「彼は知っている」私が言った。

スーザンが頷いた。セシルがワインを少し飲んだ。ありきたりのワインであることに気付いていないようだった。

「でも」――セシルが、次第に昇る太陽を見ているような感じで、ゆっくり言った――「どちらにしても、彼らが自分を殺すことはできないのを、彼は実証しなければならない」

「そうだ」私が言った。

「そして、ホークがそうするのを、あなたは手助けする」彼女が私に言った。

「そうだ」

セシルがスーザンを見た。

「そして、あなたは、彼にそれをやらせておくの？」

「言葉が違うわ」スーザンが言った。「彼がなぜ手助けするのか、私は判っているし、彼を止めようとはしない」

「なぜなら？」

「なぜなら、私は彼を愛していて、私ができるとして、自分が作り上げた人間を愛しているのではないし、そんなことはできない」

「おれをブラッド・ピットに作り替えることができるとしたら、どうなのだ？」私が言った。

「その場合は話が変わってくるわ」スーザンが言った。

33

ブロック・リンボウはノーガス通り五番のある店先を本拠に商売を展開しているが、そこは路地より幅が狭く、長さも短い通りだ。その通りに建物が五軒あって、どれも屋根の平らな三階建ての安アパートで、どの部屋も、たぶん、キッチンがいまだにケロシン臭いのだろう。店は通りに入った二つ目の三階建ての一階にある。建物の側面はアスファルトの黄色いこけら板張りで、二階と三階の正面に、今にも崩れそうなポーチが付いている。どちらのポーチでも物干しロープが張ってある。

一階のリンボウの店の正面をなしている板ガラスの窓に、〈リンボウ企画〉と黒字で書いた看板が掛かっている。その黒字に金色の縁取りが施してある。その区画とうまく調和している。

「おれたちはここで何をするのか、判っているのだろうな?」私がホークに言った。

「ブロックスターと話をするんだ」ホークが言った。

「それが非常に楽しいことであるのはべつにしてだ」私が言った。「おれたちはどんな目的を果たそうとしているのだ?」

「だいたい」ホークが言った、「このやり方は、お前が知ってるはずだ。入って行って、つつき回し、人々と話をし、質問をし、どうなるか見る。おれは長年の間にお前からすべてを学んだんだ」

「それは法廷関係者の間でスペンサー方式として知られている」

「同時に、〈自分がなにをしているのか、まったく見当も付かない〉方式として知られている」ホークが言った。

「同時に、そういう方式として知られている。お前が注意を払っていたと知って嬉しいよ」

「主人から学んでるんだ」

私は、腰のクリップ・オン・ホルスターの拳銃を抜いて、坐ったまま容易に抜けるよう、ブレザーの下に差した。ホークがショルダー・ホルスターを着けているのは知っていた。

二人で車から降り、リンボウの店に入って行った。

「なんの用だ」私たちが入って行くとリンボウが言った。

彼は灰色のスチール・デスクの向こうで、背当ての高い赤革張りの回転椅子に坐っていた。机の上にピッグスキンの葉巻入れ、電話と九ミリ口径の拳銃がのっていた。

「見ろ」ホークが言った、「彼はおれたちを覚えてる」

「それも、好意的に」私が言った。

リンボウは、ほかになんと言ったらいいか判らないらしく、不機嫌な表情で私たちをにらんでいた。部屋には、彼と一緒に、ラテンアメリカ系の痩せた黒人が二人いて、どちらも、リブのアンダーシャツ――一人はグレイ、一人は白――の上に、色彩豊かな長袖のシャツをボタンを掛けないで着ていた。シャツの裾を外に垂らし、袖を細い前腕の上にまくり上げている。二人が怖い顔をして私たちを見ていた。

「坐っていいかね？」ホークが言った。

リンボウが、机のそばの背当てが直立した二つの椅子のほうへ首を倒した。彼は、上三つのボタンを外した白いシャツを着て、カフスを前腕の上に返していた。私たちは坐った。机と何脚かの椅子以外、部屋にはなにもなかった。奥の壁に唯一の装飾である『スカーフェイス』のアル・パチーノの大きな映画ポスターが掛かっていた。ホークがブロックに微笑した。私がブロックに微笑した。

「それで？」ブロックが言った。

「お前がブーツ相手にどうしてるか見に立ち寄ったんだ」ホークが言った。

「ブーツ誰？」リンボウが言った。

彼は机の上の拳銃を無意識にいじっていた。

「ブロック」ホークが言った。「ブロックと呼んでいいかね？」

リンボウはいらだたしそうに手を回して小さな円を描いた。

「ブロック」ホークがまた言った。「お前がブーツ・ポドラックの縄張りに割り込むためにここにいるのは、お前は判っているし、おれたちは知っている」

「で、それはなんだ？」リンボウが言った。

「マーシュポート」ホークが言った。

リンボウが二人の仲間のほうを見て目をぐるぐるっと回した。二人が笑った。一人が、握把を前にして左側に差している拳銃が見えるよう、シャツの前を払って開いた。

「あれを見ろ」私がリンボウに言った。「お前の拳銃と同じだ。安売りで買える。知ってるだろう、二挺買えば一挺はただになるのを？」

「なにか言うことがあって来たのか」リンボウが言った、「それとも、たんに減らず口をたたきに来たのか？」

ホークがにやっと笑って私を見た。

「お前、またやってるのか？」彼が言った。

「減らず口をたたくのはおれの得意分野だ」私が言った。

ホークが頷いてリンボウのほうに向き直った。

「お前はポドラックを商売から排除したい」ホークが言った。「おれたちもそうだ。おれは、お互いに助け合う方法はないか、考えているんだ」

「おれは人の助けなど必要じゃない」リンボウが言った。

「もちろん、必要だ」私が言った。「お前の義父が、お前をここで商売させるよう、ブーツと取引していなかったら、お前は、えー、魚相手に減らず口をたたいているところだ」

ホークが微笑した。

「トニイが？」リンボウが言った。

「そうだ」ホークが言った。

リンボウの顔が赤くなった。

「トニイはブーツと取引なんかしていない」彼が言った。「おれがここにいるのは、おれを閉め出すほどブーツがタフじゃないからだ」

ホークが微笑した。彼はすばらしい微笑を見せることができる。なめらかな黒い顔にきれいにそろった白い歯。その微笑は明るく、清潔で、ハンサムだ……が、感情のかけらもない。

「坊や」ホークが言った、「かりにブーツがインコを飼っていたら、そのインコは、お前を閉め出すほどタフであるはずだ」

「そう思うか？」リンボウが言った。

顔の赤みが今では濃くなって、広がっていた。声がやや甲高くなっていた。拳銃を取り上げてホークに向けた。リンボウが銃を持ち上げたとたんに、ほかの二人がそれぞれ銃を抜いた。

「ことによると」リンボウが言った、「お前は、おれがこの場でお前の尻を撃つほどタフじゃない、と思ってるのかもしれんな？」

私が撃たれたのはホークよりずっと前だ。しかし、忘れるような事柄ではない。妙なことに、私は、銃弾が自分に当たったのを一度も思い出したことはない。病院、照明、管、音、は思い起こした。自分がひどく弱っていること、狂気じみた考え、妄想、は覚えている。いろいろなにおいを思い出した。そういった考えに支配されることはなかった。いつの場合でもしまい込むことができたが、その記憶はいつまでも細胞組織の中に残っている。

ホークが片足をゆっくりとリンボウの机の縁にのせた。微笑して椅子を後ろに傾け、後脚でそっと前後に揺すっていた。微笑を浮かべたまま椅子を揺すり、なにも言わなかった。

「なにも言うことはないのか、はったり野郎？」リンボウが言った。

「お前がブーツと撃ち合いをするには軍隊が必要だ」ホークが言った。「それに、お前は軍隊を持っていないと思う」

「おれたちは、全部取り込むまで、彼の縄張りを少しずつ削り取ってやる」リンボウが言った。

「彼が脅威を感じるほどに削り取ったら、トニイとの取引は成立しなくなる」ホークが言った。

「おれは取引のことはなにも知らない」リンボウが言った。「彼がおれたちに手出しをしたら、おれたちが彼を倒す。おれが自分の手で倒す」

ホークが頷いた。

「そして、これまたお前に縄張りを削り取られたくないべつの男が代わって支配する」

リンボウはなにも言わなかったが、珍しくほっとする一瞬だった。

「ブロック」私が言った。「彼は軍隊を持っている。お前はせいぜい分隊だ。トニイはしばらくは手を貸してくれるかもしれないが、いよいよとなった場合、彼は、自分の縄張りから二十五マイルも離れた場所で全面闘争をやる気はない。おれの想像では、彼はお前をウクライナ人たちに任せておいて、娘を家に連れ帰る」

「彼女はどこへも行かないよ」リンボウが言った。

ホークも私もなにも言わなかった。リンボウは坐ったまま、なにか考えようとしていた。拳銃はまだ宙に浮いたままだが、彼は銃のことは忘れているようだ。そのうちに銃を下ろした。彼の二人の相棒も拳銃をしまった。ホークは相変わらず椅子を前後に揺すっていた。

「なにか計画はあるのか?」リンボウが言った。

「ない、おれたちは、いわば、探しているんだ」ホークが言った。

「おれは部下が十人いる」リンボウが言った。ほかの二人のほうへ首を倒した。「ヌンシオとハイメ、ほかに八人いる。おれを入れて十一人だ」

「ブーツは何人いるか、知ってるか？」ホークが言った。

「知らない。彼なんかくそ食らえだ。気にもしていないよ」

「知っておいたほうがいいと思う」ホークが言った。「なぜ、ここに？」

「なぜ、マーシュポートを乗っ取ろうとしているか、という意味か？」

「そうだ」

「おれは商売をする場所を探してる、いいか。それも、スマートにやろうと考えてる。そこで、今にも爆発しそうな場所を探した、判るか？　そうしたら、ここにマーシュポートがあって、黒人とラテン系住民の市が一握りの白人ヨーロッパ移民に支配されてて、まるで熟して収穫を待ってるようなものだ」

「ただ、そのヨーロッパ移民が大勢いて」私が言った、「全員がドナルド・トランプのエージェントよりタフなんだ」

「おれは白人だ」リンボウが言った。「しかし、それは外側だけだ。おれは黒人として育った。内側は黒人と変わらない。黒人のことは知ってる。おれならここの連中をおれのほうに引き寄せることができる」

「判ったよ、兄弟」ホークが言った。「お前は今やってることを続けろ、おれたちは時折覗いて、おれたちがなにをやってるか、知らせるよ」

「今なにをしてるんだ？」リンボウが言った。

内側が黒い男のような物の言い方ではなかった。

「データを集めてる」ホークが言った。

「それだけか？」

「そうだ」

「データが十分集まったら、どうするつもりなんだ？」

「そのデータでなにが判るかによる」ホークが言った。「そのために集めてるんだ」

リンボウが椅子に寄り掛かった。

「おれたちは同じものを狙っているようだな」彼は革のケースから葉巻を一本取って、小さなペン・ナイフで吸い口を切り始めた。

気分がいいのだ。

ホークが頷いた。

「彼に名刺をやれ」ホークが私に言った、「彼がおれたちに電話を掛ける気になった時のために」

「いいとも」私が言った。

私は立ってカード・ケースから名刺を一枚取り出し、リンボウの前に置くために机の上にかがんだ。リンボウは冷静な男なので、私たちがその場にいる間は名刺を見ようとしなかった。

「おれのほうで何かあったら」彼が言った、「連絡するよ」

ホークが立ち上がった。

「じゃあまた、兄弟」ホークが言った。

私たちは向き直って表のドアから出た。

「兄弟？」通りを渡りながら私が言った。

「彼が言うのを聞いたろう」ホークが言った。「自分は内側は黒人だ、と言ってる」

「リンボウの内側にはなにもないよ」

ホークがにやっと笑った。

「お前たち白人はいつも兄弟の悪口を言う」彼が言った。

34

スーザンは、ザ・スクエアの〈アップステアーズ〉という彼女の好きなレストランの一階のバーで、ホークと私と一緒に坐っていた。

「あなたたち、多少なりともなにか計画はあるの？」彼女が言った。

ホークが彼女を見て微笑した。

「酔っ払うことを考えていたんだ」彼が言った。「撃たれて以来、初めてになる」

「あなたが酔っ払ったところを一度も見たことがないわ」スーザンが言った。「私の可愛い彼のように、機知に富んだエレガントな人になるの？」

「それほど酔っ払ったことはない」ホークが言った。

そのやりとりに敬意を表して、私は青ラベルのソーダ割をまた一口飲んだ。

「とにかく」スーザンが言った、「そうなる前に、もう少しマーシュポートのことを話して」

ホークの笑みが広がった。

「おれたちに力を貸してくれるのか？」

スーザンはまた白ワインに戻っている。今のお好みはリースリングだ。ごく少量しか飲まない。私たちは、スーザンを挟んでカウンターの一方の端の曲がり角に坐っていた。

「そういうことについて考えるには、大きくて醜いある種のごろつきでなくてはならない、と考えてるの？」スーザンが言った。

ホークはしばらくシャンパン・カクテルを眺めていた。

「大きくてハンサムなごろつき」ホークが顔を上げないで言った。

「私が言ったのはそういう意味」スーザンが言った。「私の見た限りでは、あなたたちは、あそこでなにをしたいのか、判っている。しかし、どういう風にやるか、考えがまったくない」

ホークが顔を上げて私を見た。私は肩をすぼめた。

「どうやるべきか、判っているのか？」私が言った。

「いや」ホークが言った。「お前は？」

「判らない」

私はスーザンを見た。

「さっ、どうぞ壇上へ」私が言った。

「私が実際に手助けをすることになったら、どうなの？」スーザンが言った。

「自尊心を傷つけられる」ホークが言った。「しかし、おれたちはそれに耐える」

「いいわ」彼女が言った。「私がおさらいをする間、我慢して」

バーは込んでいた。ホークの脇にわずかな空きがあったが、そこへ入り込む者はいなかった。きれいな女性が立ち止まってスーザンに話しかけた。スーザンが私たちを紹介した。クリス・ラナムという名の女性だった。

「私たち、一緒にピラティス（フィジカル・エクササイズの一種）をやってるの」スーザンが言った。

「私たち、スーザンに付いていくのがやっとなの」クリスが言った。

彼女が微笑して自分のテイブルへ戻って行った。行きがけに素早くホークの品定めをした。ケンブリッジのバーという場所では、ホークはいささか場違いな存在だ。

「あなたたちは、ルーサーと家族を撃ったウクライナ人たちを殺したい」

「それに、おれを」ホークが言った。

「それに、あなたたちは、マーシュポートのウクライナ人ギャングの組織全体を壊滅させたい。言ってみれば、根から枝にいたるまで」

「一応は」ホークが言った。

「それに加えて」スーザンが言った、「あなたは、ルーサーの生き残りの子供に、生涯を通じた財政的安定を供してやりたい」

「そうだ」

「今のところ、あなたたちは、トニイ・マーカスと不安定な協力関係にあり、彼は自分の娘と義理の息子のために、あの男と不安定な協力関係にある……なんという名前だったかしら？」

「ブーツ」私が言った。「ブーツ・ポドラック」

彼女が頷いた。

「ブーツを殺したいの？」彼女がホークに言った。

「殺したい」

「ブーツを殺したら、ギレスピイの遺児の信託基金への出資者候補を一人排除することにならない？」

「なる」ホークが言った。

「ほかに資金源はあるの？」スーザンが言った。

「トニイは金を持っている」ホークが言った。

「彼、あるいはポドラックは、自発的にその子に出資するかしら？」

「しない」

「あなたは強制しなければならない」

「そうだ」

スーザンは話を切ってワインを少し飲んだ。部屋の向こうのテイブルで、クリス・ラナムが、なにかで頭を後ろに倒して笑った。その部屋は、高い広大な天井、暖炉、奇抜で優雅な装飾、などで素晴らしい場所だ。飲むのに絶好の店だ。そうは言うものの、飲むのに悪い店はほとんどない。

「あなたが願っていることの一部は、もちろん、かなり容易に達成できる。あなたがウクライナ人たちとポドラックを殺すことができるのは、私たちみんな知っている」

「誰だって誰かを殺すことができる」ホークが言った。

「しかし、それでは、マーシュポートのギャングを排除できないし、ギレスピイの子供にとってなんの役にも立たない」

「名前はリチャードだ」ホークが言った。

「リチャード」スーザンが言った。

彼女が私を見た。

「グレイ・マンが関わっている」彼女が言った。

「彼を信頼してるの?」

私は頷いた。

「いや」

「彼はなにか企んでいると思う?」

「まったく判らない」私が言った。「ただ、彼を信頼するのは馬鹿げている」

「それに、あなたたちは」スーザンが言った、「トニイの娘と結婚している男との接触の途を開いた」

「ブロック・リンボウ」私が言った。「娘の名前はジョリーンだ」

「ブロック・リンボウは彼の本名なの？」

「知らない」私が言った。「あえて推測すれば、彼が考え出した名前だな。彼はそういう男だ」

「それで、彼は、どのようにしてあなた方の手助けができるの？」

「判らない」ホークが言った。「なにが飛び出るか、辺りをつつき回しているだけだ」

「それで、警察はあなた方の役に立たない」

「そうだ」ホークが言った。

「この件はあなたたちがやらなければならない」スーザンが言った。

「何人かの友達が加わるかもしれない」ホークが言った。

スーザンが頷いた。またリースリングを少し飲んだ。

「もちろん、あなた方は、私がこの件全体についていやでならないのは知っている」彼女が言った。

ホークと私は頷いた。

「しかし、あなた方は、やろうとしていることをあくまでやる、だから私は、できるだけ手助けするしかない」彼女がちょっと間を置いた。「私は精神分析と人生について知りすぎているので、バーで白ワインを飲みながら精神療法を行なうつもりは毛頭ない」

「よかった」ホークが言った。

スーザンが微笑した。

「でも、あなた方は、自分たちが不慣れな領域にいることを理解しなければならない。過去において、あなたたちは、いつの場合でも、どうすべきか判っていた。それは、困難で危険なことであったかもしれない。でも、あなたたちはそういうことに優れていたし、やる、やらない、の結果を受け入れるのはあなただけでよかった」

ホークが私のほうへ首を倒した。

「彼の場合とさして変わらない」彼が言った。

「類似点はあるわ」スーザンが言った。「でも、今の場合、あなたはセシルのこと、リチャード・ギレスピイのことを考えなければならないし、その辺のどこかにトニイ・マーカスと彼の娘がいて、あなたがやりたい一つのことが別のことと矛盾する」

「おれはそういう状態が大嫌いなんだ」ホークが言った。

「しかも、誰一人」スーザンが言った。「たとえあなたであっても、撃たれ、もう少しで死にそうになり、何日も集中治療室にいて、何週間も病院で過ごし、影響を受けないでいることはできない。頭がいいのだから、それくらいは判ってるはずだわ」

ホークと私は顔を見合わせた。二人とも同じ経験をしており、二人とも彼女の言っていることが正しいのを知っていた……私たち二人について。

「それで、それがおれの計画にどのように影響するのだ?」ホークが言った。

「なによりも、それによって、あなたが計画を立てるのがいっそう困難になる。たぶん、初めてだと思うけど、あなたは、自分の、えー、職業的人生で初めて、感情に駆り立てられているから」

「スペンサーも計画はなにもない」ホークが言った。「彼は感情に駆り立てられていないよ」

「しかし、彼は自分の考えを押し付けない。あなたは私と同じくらいに彼を知っている。彼はつねにあなたと一緒にいて、あなたの思い通りにさせ、あなたが行きたいところに行く」

ホークが頷いた。

「彼はそうするな」

「彼が私にもそうする」スーザンが言った。「そのために頭がおかしくなりそうになるわ」

「驚いたな」私が言った、「おれたちがホークの問題について話している時のほうが好きだったのに」

スーザンが微笑した。

「もちろん、そうでしょう」彼女が言った。「しかも、そのような態度は道義にかなっているけど、時には有用でない場合があるの。あなた方は、自分たちがなにを知っているか、なにを知らないでいるか、なにを知るべきかを、知っている必要がある。そして、それをつねに念頭に置いていなければならない。自分がやりたいことのどの部分が今やれるか、なにには待つ必要があるか、待つためにはなにが必要か、を知っていなければならない。今の状況の中で、あなたが理解できないことがなにかあるの？　なにか欠けているものが？」

私はスコッチを飲んだ。スーザンが私を見ていた。ホークが私を見ていた。バーテンダーが私を見ていた。私は身振りでお代わりを注文した。自分のテイブルで大いに楽しんでいるクリス・ラナムを見た。バーテンダーが新しい飲み物を運んで来た。私はちょうど間に合うようにスコッチを飲み干した。

「いいだろう」私が言った。「彼の名前が浮かんだ時から気になっていることがある。ブーツ・ポドラック。彼はたちが悪い。しかし、貫禄がない。それに、キャンドル・ピンより頭が悪い」

「彼がマーシュポートの大物ボスである理由が判らないのね」スーザンが言った。

「そうだ。彼は、ニューヨーク市政を牛耳ったボス・トウィードじゃない」

「ことによると、誰かが彼の後ろ盾になっているかもしれない、と思っているのか？」ホークが言った。

「調べるべき事柄だな」私が言った。

「おれは、彼を殺すことで頭がいっぱいだった……」

「出発点になる」私が言った。

「たしかに」ホークが言った。「マイアミに行った弁護士のデューダの身になにがあったか、確認するのがいいかもしれないな」

「たしかに」私が言った。「リタ・フィオーレと話をして、おれたちがルーサーの子供のために実際にどんな段取りができるか、知っておくのが賢明かもしれない」

ホークが頷いてスーザンを見、にっこり笑った。

「どうだ、おれたちはあんたの手助けができる、と言っただろう」彼が言った。「おれたちがそのつもりになれば」

スーザンが微笑み返して、手を彼の手に重ねた。

「心から感謝するわ」彼女が言った。

35

私たちは、午後遅く、アーリントン通りの〈リッツ・バー〉の窓際のテイブルで、リタ・フィオーレと一杯飲んだ。リタはホークに対する関心をまぶしいばかりに発散していたが、今は職業的なモードにあって、控えていた。それでも、しばらくの間、ホークが彼女の脚を楽しめるよう、椅子で横坐りになり、両脚を伸ばしていた。彼は楽しんでいた。私も。

「もちろん」リタが言った。「私たちはその子のために、第三者預託勘定を設けることができるし、その意志のある人は誰でも資金を出すことができるわ」

「秘密裡に？」ホークが言った。

「もちろん」

「誰がそれを管理するのだ？」ホークが言った。

「私は刑法専門」リタが言い、微笑した、「だから気楽にあなたたちと一緒にいられる。でも、株や債券はやらない。うちの株・債券専門家の一人に管理させるわ」

「おれはあんたが欲しい」ホークが言った。

「私もあなたが欲しいわ、ダーリン。でも、その勘定を私に管理させるのはあなたにとって最善の方法ではない。私はインサイダー取引で損をするかもしれない。でも、私にできるのは、その勘定の保証人になること。そうすれば、株・債券専門家は心底から怯えて、その勘定をとくに優遇してくれるわ」

ウエイターがリタのマーティニを運んで来た。オリーヴ入りのストレート・アップだ。典型的なマーティニ。リタはピンク色の飲み物や香り付きウオッカなどに用はない。旧式なお嬢さんなのだ。嬉しそうに一口飲んだ。

「この話はあなたらしくないわ、ホーク」リタが言った。

「おれは、時には本心をさらけ出すことがあるんだ」彼が言った。

「そこにいる〝ミスタ思いやり〟なら」――リタが私のほうへ顎を上げた――「私は驚かない。でも、あなたの場合は？」

「その子は孤児なんだ」ホークが言った。

「そのことに、あなたはなにか関わりがあるの？」

「おれは彼の父親を護ることになっていた」

「ああ。あなたが撃たれた時ね」リタが言った。

「情報に通じてるな」ホークが言った。

「私はつねに情報を追ってるわ」彼女が言った。「それに、あなたは人一倍興味深いのよ。セックスの相手として大いなる潜在性を秘めているし、第一級の刑事弁護士が必要になる可能性が高いわ」

「一人ですべて間に合う」ホークが言った。

「しかも、超一流だし」リタが言った。

ホークがにやっと笑った。

「忘れないでいるよ」彼が言った。

「その男の子に責任を感じてるの？」リタが言った。

「そうだ」

「あなたになにができたというの？」

「彼の父親が殺されるのを防ぐことができた」

「いいこと、ホーク」当面、欲情のことは忘れているかのように、リタが心持ち身を乗り出した。「連中はあなたの背中を撃ったのよ。それがどうしてあなたの落ち度になるの？」

「おれは背中を撃たれるようなことがあってはならないんだ」

「冗談じゃないわ」リタが言った。「あなたはほかの男たちと同じように人間よ。傷付くことがあるわ。殺される可能性があるのよ」

「ほかの男たちと同じであってはならないんだ」

リタはしばらく彼を見ていた。

「驚いたわね」彼女が言った。「あなたであるのは、容易なことでないにちがいない」

ホークは一瞬黙っていて、そのうちに彼女に微笑したが、それはいつものことながら、はっとするような光景だった。

「しかし、それだけの価値はある」彼が言った。

36

〈ロック・オウバーズ〉は、何年か衰退が続いた後、新しい所有者の下で輝き、立派になっている。今では、私がやっているように、有力者の昼食の場に戻っているらしい。私はそこでFBIボストン支局長の特別捜査官と昼食をしているからだ。

彼はネイザン・エプスタインという男だ。痩せていて、頭が禿げかかり、黒っぽい縁の眼鏡を掛けていて、肌が青白い。FBI捜査官には見えない。事実、あまり見栄えのしない男だ。しかし、頭がよく、聞くところによると射撃がうまいらしい。

「なぜ、ブーツ・ポドラックに関心があるのだ」彼が言った。

「あんたは知る必要がない」私が言った。

エプスタインが頷いた。

「もちろん、その必要はない」彼が言った。「私はきみが知っていることをなにも知る必要はない。それに、きみは、私が知っていることをなにも知る必要はない」

エプスタインがフォーク一杯にライムストーン・レタスをすくい上げ、口に押し込んで力強く噛んでいた。私はしばし自分のロブスター・シチューを見ていた。

「代償を求めているように聞こえるが？」

エプスタインはレタスを噛んで呑み込んだ。

「そうだ」彼が言った。

私は頷いた。

「おれたちは彼を倒したいのだ」

「おれたち？」

「おれと友人が」

「去年撃たれて、もう少しで死にそうになった友人か？」

「そうだ」

「彼はブーツの仕業と思っているのか？」

「ブーツがなんらかの関わりがあったことは、おれたちは知っている。あんたはおれたちを監視しているのか？」

エプスタインが私を見てにやっと笑った。

「我々もブーツが好きではない」

「ブーツの行動を監視しているのだな」

エプスタインが私を指差して肯定の意を表した。

「そこへ、とつぜん、おれたちが現れた」

「きみとホークだ」

「だから、あんたはどんなことを知っているのだ？」

「まず、きみから」

「オフレコで」

「その冒険的な仕事で、犯罪的行動をとることを予期しているのか？」

「慎重を期しているだけだ。ホークが知らずに連邦法に違反する可能性はある」

「私は連邦政府職員だ。犯罪的行動にまったく無知なわけではない」

「もっともだな。それでは、オフレコで？」

エプスタインが頷いてまたレタスを嚙んでいた。私は、ホークとウクライナ人の関係、ホークが撃たれたこと、仕返しに私たちがブーツの事業を解体すること、について話した。私はエプスタインを信用している。以前に彼と仕事をしたことがある。トニイ・マーカスとブロック・リンボウのこと、私たちがマーシュポートで経験した冒険のこと、を話した。エプスタインはサラダを食べながら黙って聞いていた。

「だいぶ前にブルー・ヒル街でウクライナ人が撃たれた、と聞いたな」

「ブルー・ヒル街では始終人が撃たれている」私が言った。

「その大半はウクライナ人ではない」

「とにかく、全員がそうでないのはたしかだ」

「きみとホークがあの件に関わっていたのか？」

私は微笑した。

「それは肯定と考えよう」

ウエイターが彼のホタテ貝の網焼きを運んで来た。エプスタインは早速取りかかった。

私はまだロブスター・シチューを食べていた。

「アイヴズと話をしたことはあるのか？」エプスタインが言った。

「アイヴズ？」

「そうだ。彼と話をしたのか？」

「なぜおれがアイヴズと話をするのだ？」

エプスタインが肩をすぼめた。

「きみは彼を知っている。ウクライナ人との関わりがある。アイヴズは物事の外国関連の事柄が得意だ」

「あんたはアイヴズと連絡を取っているな」私が言った。

「そうだ」

「だから、おれが彼と話をしたのを知っている、彼があんたに話したからだ」

エプスタインはホタテ貝をフォークで刺して口に入れた。

「とにかく、きみがそういう言い方をするのであれば」彼が言った。「イエスだ」

「おれたちは、ウクライナ語を話すタフな男が必要だった。アイヴズなら、ベルリッツで探すよりいい、とおれが考えたのだ」

「彼はきみにグレイ・マンを薦めた」ホタテ貝を食べながらエプスタインが言った。

私は椅子の背に寄り掛かってスプーンを置いた。

「ルーガー」私が言った。

「彼の名前は外見より頻繁に変わる。私はつねに彼をグレイ・マンと呼んでいる」

「彼はウクライナ語を話す」

「彼はいろいろな言葉を話す」

私は頷いた。エプスタインがホタテ貝を食べ終えた。

「ここはまだインディアン・プディングをやっているのか？」

「そうだと思う」

「インディアン・プディングが大好きなのだ」彼が言った。

「それは結構だな」

ウエイターがテイブルを片づけた。エプスタインがアイス・クリームをのせたインディアン・プディングを注文した。私はコーヒーを頼んだ。スーツの男、スカートの女が入ってきては出ていく。サーヴィス・カウンターの向こうの磨き上げた巨大なコーヒー沸かし器が光っている。私たちのそばの窓からウインター・プレイスが見えるが、その名前に値するには小さすぎる路地だ。春の冷たい雨でウインター・プレイスの表面全体が気持ちよく濡れている。ウエイターがコーヒーとインディアン・プディングを持って戻って来た。プディングの上にヴァニラ・アイス・クリームが一掬いのっている。エプスタインが嬉しそうに見ていた。

「インディアン・プディングは嫌いなのか?」彼が私に言った。

「好きだ。しかし、今は結構だ」

「その大きさの男にしては、きみは食べ方が少なすぎる」

私は頷いた。エプスタインがアイス・クリームをスプーンでつついた。

「固すぎる」と言ってスプーンを置いた。「少し時間が必要だ」

エプスタインは椅子に背をあずけるようにしてコーヒーを飲んだ。急ぐ様子はまったくなかった。もともと急がない男だ。時間はいくらでもある。必要が生じたら、彼が関心のある話に持って行くはずだ。私は彼が切り出すのを待つのにいささかうんざりしてきた。それが一つの駆け引きであるのは判っていた。彼を喋らせるためにはなんと言ったらいいのだ? 自信がない時は、もっとも得意とする手を使え。私は黙っていた。エプスタインはまたインディアン・プディングを試して一人で頷き、一口食べた。

「ブーツ・ポドラックは、マーシュポートを支配するビジネスを」彼が言った、「ホロヴカ・ポドラックという名の父親から受け継いだのだ。その父親は、ロシアのギャングに長年加わり、ウクライナでストラシュニイとして知られる地域でなんとか生活した後、マーシュポートに来た。ついでだが、その地域の名前はウクライナ語で〝恐ろしい〟という意味だ。ホロヴカは貧しい生活から巧みに成り上がり、やがて一九七〇年代の後半に、町をニューイングランド人たちから奪ったアイルランド人たちからさらに奪い取ったのだ」

「今は主としてヒスパニック系黒人の町だ」

「あそこは四十年間ヒスパニック系黒人の町だった。しかし、トップはそうではない」

「驚いたな」私が言った。

「ホロヴカは下劣で頭がよくて、えー、ユーラシアと多くの繋がりがあった」

エプスタインはまたプディングを口に押し込んだ。

「そして、彼がブーツに町を譲り渡した時、ブーツは遺伝子プール希薄化の見本のような男なので、組織全体が崩壊すべきであったが、ホロヴカは以前にアフガニスタンのある将軍と手を結んでいたのだ」

「アフガニスタンで？」私が言った。

「アフガン人の将軍がマーシュポートの賭博屋でぶらぶらしている、と思っているのか？

そうだ、アフガニスタンに本拠を持つアフガン人の将軍だ」

彼はにやっと笑ってまたインディアン・プディングを食べていた。私は、コーヒーを飲みながら待ち、彼がプディングを片付けるのを見ていた。その名前は政治的に正しくないのではないか、と考えた。先住アメリカ人プディングであるべきではないのか。

「阿片だ」私が言った。

エプスタインがほめるような感じで頷いた。

「気が付くのにあまり時間がかからなかったな」彼が言った。「ポドラックは、ハジ・ハルーンというアフガン人将軍の、合衆国東海岸における独占的販売代理権を持っている」

「ホロヴカとの繋がりはどこから生じたのだ？」

「我々は知らない。父親が、マーシュポートに来る前にその権利を得たのだろう、と推測している。ロシアのギャングに加わっていた頃、あそこにしばらくいたのだろう、と考えている。ソビエトはあそこに長い間いたからな」

「そして、彼らにとってはいい結果にならなかった」私が言った。

エプスタインが微笑した。

「阿片はかさばる」私が言った。

「このような遠距離への輸出にはかさばりすぎる」

「だから、ハジはヘロインを輸出している」

「その通り」エプスタインが言った。「それに、都合よく頭韻を踏んでいる」

「ハジは、経営の専門的知識も提供しているのか？」

「している」

「アフガン人?」

　エプスタインは肩をすぼめた。

「我々は知らない」

「しかし、あんたたちは、ブーツを監視している者が誰かいるのは知っている」

「ブーツが一人でこれをやれない、という点では確信がある。それに、アフガン人はべつの部族の人間を信用しないし、一万マイル離れたどこかのウクライナ系アメリカ人となればなおさらだ」

「だから、誰かいる」

「いないはずがない」

「だから、ウクライナ人は暴力係だ」

「そうだ」

「それに、アフガン人の監督がいる」

「いないはずがない」

「しかし、おれたちは、それが誰で、どこにいるか、知らない」

「その通り」エプスタインが言った。

　私はしばらく黙って、エプスタインが昼食を楽しむのを眺めていた。

「そのような仕組みがあるのに」私が言った、「なぜ、ブーツは、人の縄張りに入り込もうとしているのだ？」

「我々もその点について考えた」エプスタインが言った。「マーカス一家が関わっているのを知った今は、考えられる理由は二つある、と言えそうだ。一つは、トニィが義理の息子の手助けを考えた時、自然に機会が生じた」

「そして、二つ目の理由は、ブーツは丸頭ハンマーより愚かだ、ということだ」

「まさしく」

「だから、その監督はどうなのだ？」

「彼もさして頭がよくないのかもしれないな？」

「あるいは、トニィ相手の取引だから、彼らは濡れ手で粟と考えたのかもしれない」

「誰でも、濡れ手で粟は好きだ」

「それで、あんたの関心の理由は判った。アイヴズとはどうなのだ？」

「私たちは、ナイン・イレヴン（九月十一日のテロ事件）以後は以前より頻繁に話し合っている」

「賢明だな」私が言った。「しかし、おれは、アイヴズはなにに関心があるのか、と訊いているのだ」

「たぶん、きみが彼に訊く必要があると思う」

「たぶん、そうするだろう」

エプスタインはコーヒーを飲み干すと、空のプディングの皿を名残惜しそうに見やり、椅子を押しやった。

「昼食、ありがとう」

「おれが払うのだな？」

「ご親切な申し出だ」

「おれは非常に愛国的なのだ」私が言った。

37

私たちは、計画を打ち合わせるために、小人数の会合を開いた。五人で。トニイが彼の手下の一人を出席させたいと言い、レナードをよこした。私は、ホークの背後を見張っている間に自分の背後を見張ってくれる者が欲しく、ヴィニイ・モリスを招いた。彼は百ヤードの距離からスカンクのにおいを撃ち消すことができる。それに、ウクライナ語を話す者が必要なので、ルーガーが出席に同意した。今では彼はべつの名前を使っているが、それがなんであるか、私たちには教えてくれない。

ホークがほかの誰よりも早く私のオフィスに来た。私は、エプスタインとの話し合いについて、まだ彼と話していない。まずアイヴズとその件について相談したかったのだ。しかし、灰色の男《グレイ・マン》は見かけ通りに評価できない、という気がしていた。

「ほかの連中がここに来るまでにあまり時間がない」私がホークに言った。「しかし、グレイ・マンの前では、必要以上のことは言わないでくれ」

「まるで、おれが誰かの前でいつも必要以上のことを言うような言い方だな?」ホークが言った。

「グレイ・マンの関心は、おれたちの関心事と完全には一致しないかもしれない」

「驚くべきことだ」ホークが言った。

ヴィニイがレナードと入って来た。

「コーヒーあるか？」ヴィニイが言った。

「今淹れるところだ」

私は淹れ始めた。

「ドーナッツは？」ヴィニイが言った。

私は机の後ろに手を伸ばし、ダンキン・ドーナッツを一箱、ペイパー・タオルの上にぽんと置いた。ヴィニイが蓋を開けて中を覗き、私が今回も汚名を晴らしたかのように頷いた。

「お前と仕事をするのは楽しい」ヴィニイが言った。

彼は突き当たりの壁際のソファにレナードと並んで坐り、コーヒーができるのを待っていた。オフィスのドアがまた開いて、灰色の男《グレイ・マン》が、商標を見せつける感じで、灰色のスーツ、シャツ、タイ、髪、目、という格好で慎重に入って来た。私のオフィスはなにも変わった点はない。灰色の男《グレイ・マン》はどこでも慎重に入って行くのを知っていた。彼は、私の机の左側にある背当てのまっすぐな椅子に坐り、ヴィニイやレナード……あるいはドアに背を向けなくてすむよう、椅子の向きを変えた。コーヒーができた。みんなで飲んだ。私がドーナッツの箱を机の真ん中に置き、みんなが適当に取っていた。

「スコーンはあるかね？」灰色の男《グレイ・マン》が言った。

私は首を振った。灰色の男《グレイ・マン》は一瞬不満そうだったが、代わりにドーナッツを一つ取った。

「それで、その連中の商売を潰すのに」ヴィニイが言った、「おれたちはボタンをいくつ押せばいいんだ」

「まだ判らない」ホークが言った。「トニイはなにか考えがあるのか、レナード？」

「ない」レナードが気持ちよく答えた。

彼はラヴェンダー色のシャツとタイに薄紺のスーツを着ている。たぶん、そのタイは、私が着ている物全部より金がかかっているのだろう。ウインザー・カラーから覗いている首は筋肉が発達していた。

「スペンサー？」ホークが言った。

「あの町は完全に支配されている」私が言った。「《マーシュポート・コール》という新聞がある。ブーツが所有している。ラジオ放送局、WMARがあって、ルシル・ダヴィドフという女性が所有している。ルシルはブーツの妹だ。ブーツは過去四回の市長選で、対立候補なしで当選している。警察官組合はなく、警察官はブーツに所属している。どこであれブーツが行くところには、マーシュポートの警官が何人か付いていく。組織の実権を握るグループはウクライナ人で、その大部分はウクライナ国籍のものだ」

「そこで、ミスタ・グレイ・マンが役に立つのだ」ホークが言った。

灰色の男《グレイ・マン》は、表に出るのを控えているような表情をかすかに浮かべていた。慎重に観察しないと、彼がなにを考えているか、多少判断しにくい。表情はめったに変わらなかった。

「一度に一人ずつ撃っていけばいい」ヴィニイが言った。

「おれたちは組織全体を壊滅させる」ホークが言った。「何人かを撃つかもしれない、全員を撃つかもしれない、一人ずつやるかもしれないし、全員を一度にやるかもしれない。しかし、おれたちは連中を解体し、そうしたのがおれであること、そしてそうした理由を知り、奴らはルーサー・ギレスピイの息子に信託基金を残す」

「なにか計画はあるのか？」私が言った。

「今その計画を話したばかりだ」

「あれ以外に」

「ない」

「結構だ」私が言った。「〝ウクライナ人は不愉快だ〟と主な建物にスプレイ・ペイントで書くのはどうだ？」

「失礼だが」灰色の男《グレイ・マン》が言った。「その戦術は堅実だ――あの町を乗っ取る。我々に必要なのは」――かすかに笑みを浮かべて私をちらっと見た――「その戦術を達成するための補足的な戦法だ」

灰色の男《グレイ・マン》の微笑は、風の強い夜の一条の霧ほどにも実態がなかった。

「彼らは少なくともウクライナ人が二人欠けているようだな」彼が言った。

「連中が一人撃った」ホークが言った。「それに、おれが一人撃った」

「彼らは補充員を歓迎するかもしれない」

「あんたか？」

「私が彼らに加わることができるかもしれない」

「あんた、ウクライナ人か？」ホークが言った。

「私は世界市民だ。ウクライナ語は流暢に話せる」

「おれたちは通訳をどうするのだ？」私が言った。

「一つの仕事で、必ずしももう一方の仕事ができなくなるわけではない」

「なぜだ？」私が言った。

「なぜ、私にあんたの手助けをする意志があるのか？」

「そうだ」

「私はあんたを殺そうとし、もう少しで成功するところだった。それで私はあんたに借りができたのかもしれない」

「そういうことだと思うのか？」

「たぶん」

「あんたは変わり者だな」

またしても例の霧のように瞬間的な笑みを浮かべた。

「私たちみんな、変わり者だ」彼が言った。「私たちがやっていることにルールはない。自分のために、自分でルールを作らなければならない」

「あんたはあそこに入り込めるのか？」ホークが言った。

「入れる」

「たしかか？」

「私は、向こう見ずと言えるかもしれないが、いろいろな人生を送って来た」灰色の男《グレイ・マン》が言った。「大勢の人を知っている……それに数多くの術策を」

ホークが頷いた。灰色の男《グレイ・マン》が慎重にレナードを見ていた。

「たいへん立派なスーツだ」彼が言った。

レナードが頷いた。

「私も衣類が好きだ」

レナードがまた頷いた。彼はかすかにビャクダンのにおいを放っていた。

「きみはトニィ・マーカスのところで働いているのだな」

レナードが頷いた。

「きみは中立的な観察者なのか？」灰色の男《グレイ・マン》が言った。

　レナードは首を振った。

「それでは、私たちと一緒なのか？」

「トニイがそうである限り」レナードが言った。

「トニイは考えが変わりやすい」私が言った。

「それは聞いている」灰色の男《グレイ・マン》が言った。

　レナードは感情を表に出さなかった。私の見た限りでは、スタガー・リイのことを考え、歌詞を思い出そうとしているかのようだ。ヴィニイはイヤフォンを着けてｉＰｏｄを聞いていた。私はコーヒーを飲んだ。灰色の男《グレイ・マン》の言う通りだ。私たちみんな、変わり者なのだ。

　ホークが私を見た。私は肩をすぼめた。

「できることであるのなら、あんたがブーツの組織に入り込んでならない理由はないと思う」ホークが灰色の男《グレイ・マン》に言った。

「多少時間がかかるかもしれない」灰色の男《グレイ・マン》が言った。

「おれたち、時間はある」ホークが言った。

　彼がヴィニイを見た。

「連中が見ていないのはお前だけだ」

「連中はそれだけ損をしてる」ヴィニイが言った。

「場合によっては、お前はマーシュポートでぶらぶらしてるのがいいかもしれない」ホークが言った。「お前が寛げる犯罪分子の中に混じって」

「おれは犯罪者じゃないよ」ヴィニイが言った。「おれは撃ち手だ。おれを傭う連中が犯罪者だ」

「なにが目に入るか、見てくれ」ホークが言った。

ヴィニイは立って、箱の中のドーナッツを選んでいた。

「いいとも」彼が言った。

「兄弟」ホークがレナードに言った、「お前はなにをする計画なんだ」

「待機してる」レナードが言った。「おれが必要な時はどなってくれ」

「お前が近くにいて、ブロック・リンボウを監視するのが賢明かもしれない」ホークが言った。

「彼はあまりにも腹立たしい男だ」私が言った。「誰かがもはや我慢できなくなるまで、ごく短い時間の問題であるような気がする」

レナードが微笑した。

「おれは我慢できる」彼が言った。

「なにか興味深いものを見たら、おれたちに知らせてくれ」ホークが言った。「気球が上がる時は、おれたちがみんなに知らせる」

「気球を見つけ次第」私が言った。

38

ホークと私が二階から長いエスカレーターを降りて来ると、アイヴズは、チェスナット・ヒル・モールの一階、ブルーミングデイルの近くの円形ベンチに坐って、小さな袋入りのローストしたカシューナッツを食べていた。

「ああ」私たちがそばに行くと、彼が言った、「ヌビアの戦士だ」

「おれの先祖はナタールから来たんだ」ホークが言った。「おら、ズールー族の血統だ」

アイヴズがあいまいな笑みを浮かべた。

「カシュー、どうだ？」彼が言った。

私は二粒取った。まだ温かかった。ホークは首を振った。

「あんたは、見かけ以上にブーツ・ポドラックに興味を抱いているかもしれない、とスペンサーが言っている」ホークが言った。

「ほー？」

「だから、あんたは、見かけほど協力的でないかもしれない。おれたちにグレイ・マンをよこしたのは」

「私が実際に彼をきみたちに渡したわけではない」アイヴズが言った。

彼の目は、ハイ・ヒールに短いスカートをはいて〈ファイリーン〉に向かっている若い女を追っていた。

「きみは覚えていると思うが、ロキンヴァーが私のところに来て、通訳を探している、と言った。グレイ・マンが適当であるように思えたのだ」

「彼はあんたの仕事をしているのか？」ホークが言った。

アイヴズはタン色のスーツに紺のオックスフォード・シャツ、緑と青のストライプのタイを締めている。狭い額にスナップ・ブリムの麦わら帽を引き下ろしていた。幅の広いハットバンドがタイと揃いの色だ。彼はモールを遠ざかっていくその若い女を見守っていた。

カシューナッツを二つほど食べて、私に袋を差し出した。私は首を振った。

「今かね？　彼はそうだ」

「だから、彼はおれたちのためになにをしているんだ？」ホークが言った。

「きみたちの、通訳の手助けをしているのだと思う」

「それで、彼はあんたのためになにをしてるんだ？」

その若い女は〈ファイリーン〉に入って行った。アイヴズが残念そうに軽く首を振っていた。

「残念だな」アイヴズが言った。「引き締まった若い尻」

　ホークはなにも言わなかった。

「尻はみんないい」アイヴズが言った。「しかし、個人トレイナーが付いている若い主婦……ボンボンを見ているようだ」

　私が言った、「おれたちは同じ物を追っているのだ」

「引き締まった若い尻かね？」

「それ以外に」私が言った。「あんたはブーツ・ポドラックからなにかを得たいし、公式的には外国関係の事柄だけを扱うことになっているので、アフガニスタンとの繋がりに関するなにかを得たいのだ」

「アフガニスタンとの繋がり？」

「彼がアフガニスタンと繋がりがあるのをあんたは知っているし、あんたが知っているのはおれも知っていて、今ではあんたは、それをおれが知っているのを知っている」

「私は以前から、ロキンヴァー、込み入った文章を混乱なく構築できるきみの能力に感心しているのだ」

「そう、特殊な能力だろう？」私が言った。

「おれたちがブーツを狙っているのは、あんたも知っている」ホークが言った。

　アイヴズが頷いた。

「それで、おれたちがなにを企んでいるか知るために、グレイ・マンをよこした」ホークが言った。「あんたはそのように計画していなかったかもしれないが、スペンサーが通訳を見つける相談に行って、機会を得たのだ」

「時には獲物のほうから近寄って来させる必要があるのだ」アイヴズが言った。

「なにを企んでいるのだ」ホークが言った。「その獲物相手に？」

「きみの手の内を見せてくれ」アイヴズが言った、「私もきみに見せる」

ホークが私を見た。

「彼にどの程度話してるんだ」

「ウクライナ語を話せるタフな男が必要だ、ということだけだ。お前が撃たれたことと関連があるのは知っている」

「あるいは、なにかと」ホークが言った。

私は頷いた。

「おれたちは彼を信用するのか？」ホークが言った。

「しない」私が言った。

アイヴズが自分を卑下するような笑みを浮かべ、残りのカシューナッツを食べた。

「しかし、この件については話してもいいと思う。誰が誰を殺したかは、関心がない」

「誰を？」アイヴズが言った。

「いいだろう」ホークが言った。「ルーサー・ギレスピイという賭け屋の護衛に雇われたのだ……」彼はすべてを、まるで誰かにアナハイムに行く道順を教えるような感じで、感情を交えず、意見を付け加えることなく、話した。アイヴズは無表情に聞いていた。聞きながらミアシャム・パイプをコートのポケットから出して、折りたたみ式の古めかしいオイルスキンの煙草入れから葉を詰め、ジッポーで火をつけた。パイプ煙草の甘いにおいがした。

ホークが話し終わると、アイヴズはしばらくパイプの煙を眺め、そのうちに言った。

「それで、きみは、仕返しのために、彼の全事業を破壊するつもりでいる」

「おらあ、奴の全事業を破壊するつもりだ」ホークが言った。

「それで、ロキンヴァーは?」

「友達はなんのためにいるのだ」私が言った。

アイヴズが頷いた。彼は当てもなくモールを見回していた。かなりの買い物客がいるので、見回すに値する風景だった。しかし、高級なモールなので、週日の午前中に混み合うことはほとんどない。

「グレイ・マンが今なんと名乗っているか、知っているかね？」アイヴズが言った。「コディ・マキーン」

「C-O-D-Y?」私が言った。

アイヴズが首を振って綴りを言った。

「彼が私に連絡する必要のある時の仮名は、コディアック・キッド《Kodiak Kid》だ」

「コディアック・キッド」私が言った。

「彼はそれを面白がっている」アイヴズが言った。

アイヴズが煙の輪を吹いた。私は待った。ホークは、アイヴズと何度も会っているので、待つのが話し合いの一部であるのを知っている。彼も待っていた。

「きみは明らかに知っているように、ミスタ・ポドラックは、ハジ・ハルーンという名のアフガン人の事業的支配下で、アフガニスタンに本拠のある犯罪的組織の最東端の出先機関なのだ。ミスタ・ハルーンは、マスコミが将軍と呼ぶはずの人物だ。私はその言葉をいささかキップリング的に過ぎる、と感じている」

「あんたの表現によればなんだ？」私が言った。

「ハジ・ハルーンは、彼自身の部族の集合体の独立した支配者だ」アイヴズが言った。

「その組織以外に彼の忠誠の対象はない。国籍を訊かれたら、彼はその部族の名前を言うはずだ」

「それは？」

「アラザ」

「大きな部族なのか？」ホークが言った。

「大きくはないが、団結力があって、自分たちの部族のためには非常に活動的だ。ロシア人たちは彼らにすっかり怯えていた」

「だから、あんたはなぜ関心があるんだ？」ホークが言った。

「もちろん、我が政府はヘロインに反対だ」

「立場がはっきりしているのはいいことだ」

「そうだ」アイヴズが言い、小さな螺旋を描いてパイプから煙が立ち上るのを見ていた。

「我々の考えは、その点については明確だ。さらに、我々は、ヘロインの取引による利益の一部が、テロリストの支援に使われている、と信じている」

「ミスタ・ハルーンによって」

「我々はそう考えている」

「その監督が誰か、判るといいな」ホークが言った。

「彼が中心人物だ。まだはっきりとは判らないが、彼を通じてヘロインがポドラックに行き、金は彼を通じてハルーンに戻るもの、と我々は推測している。彼は、いわば、パイプのバルブだ。彼というバルブを締めることができれば、満足できる程度に組織は破壊される」

「それで、なぜ、おれたちに？」私が言った。

アイヴズが微笑した。

た。

「きみたちがここにいるからだ」彼が言った。「きみたちはすでに関わっている」

彼はパイプを口から取って、柄が縁に触れないよう、大きなガラスの灰皿に慎重に置いた。

「それに」彼が言った、「正直言って、きみたちはたんなる誰かではない。何事もきみたちを怯えさせること、少なくとも、手を引かせるに十分なほど怯えさせることはできないようだ。それに、きみたちは極めて手強い」

「手強い」私がホークに言った。

「極めて」ホークが言った。

「私は、コディアック・キッドがポドラックと仲間たちにうまく取り入って、場合によっては彼がその監督を見つけることに期待を掛けているのだ」

「そして？」

ぴっちりしたローライダー・パンツに、パンツまで数インチ足りないように裾を詰めたTシャツのべつの若い女が私たちのそばを歩いて行った。腰のくびれた辺りに紺と赤の小さな入れ墨をしている。女が私たちを通り過ぎてブルーミングデイルに向かう間、アイヴズはその入れ墨をしげしげと見ていた。間もなく私たちのほうを向いて微笑し、手と手首でバルブを閉めるような鋭い身振りをした。

39

早春の天候がかなりいいので、私とホークは、ボストン市庁舎を囲む煉瓦舗装の荒れ地の片側にある階段に灰色の男《グレイ・マン》と坐っていた。

「コディアック・キッド」私が灰色の男《グレイ・マン》に言った。

微笑むかのように、彼の顔がかすかに動いた。

「いかにもアメリカ人らしい」灰色の男《グレイ・マン》が言った。

「しかも、おれたちのために仕事をしている今は」私が言った。

「そうだ」灰色の男《グレイ・マン》が言った。「私は完全にアメリカ人になりたい」

「なにか進展は？」ホークが言った。

「ウクライナ人親衛隊と連絡が付いた。月曜日にポドラックと会う」

「早いな」私が言った。

「見知らぬ国の見知らぬ者同士」灰色の男《グレイ・マン》が言った、「自国語を話す人間が好きなのだ」

ホークが頷いた。

「実は」私が言った、「今やアフガン人との取引の組織があるのに、ブーツがトニィ・マーカスの縄張りに手を出すのが、いまだに気になっているのだ。義理の息子がいようといまいと」

「非常に馬鹿げたことだ」灰色の男《グレイ・マン》が言った。

「それに、彼の監督がそれを許すとは、とうてい信じられない」

「そのアフガニスタンの監督は」灰色の男《グレイ・マン》が言った、「それほど愚かであるはずがない」

私は広場を見回した。今のところ、目に入る生き物は私たちだけだった。連中が新しい市庁舎を建てた時、どこかの建築家は、このなにもない煉瓦舗装の砂漠に市民が溢れる、と想像したのにちがいない。この砂漠の中央に、側面が平らで長い一体式構造の市庁舎が、かつてスコリイ・スクエアであったところに、大舞踏会に入り込んだサイのように収まっている。

「頭の良い悪いの問題ではない」ホークが言った。「誇りだ」

「ブーツが？」

「ブーツは、西アジアのどこかのアラブ人にあれこれ指示されるのが我慢ならないんだ」

ホークが言った。

「今では彼らをアラブ人と呼んでいないような気がする」

「あまりにもキップリング的だな」ホークが言った。

灰色の男《グレイ・マン》が目を丸くしてホークを見ていた。

「アフガン人との繋がりができる前は」私が言った、「彼がボスだった」

「今はアフガン人の監督がボスだ」ホークが言った。

「そこへ、今度の理解しがたいちょっとした取引が浮かんで、ブーツはとにかくやることにした」

「自分がやれることを実証するために」灰色の男《グレイ・マン》が低い声で言った。ホークがちらっと彼を見た。

「だから」私が言った。「監督は知っていると思うか？」

「おれの推測では、知らない」ホークが言った。

「かりに知っていたら、彼はヘロインの流れを止めてしまうから？」

「そうだ」

「ブーツがウクライナ人のどれかに彼を撃たせないのはそのためだ」

「ウクライナ人全員が彼の手下であれば、の話だ」

「しかし、彼には受動攻撃的ドラマがある」私が言った。「『おれはあらゆることを行なうのに、この男の許可を受ける必要はない。これはヘロインに関わりのある仕事ですらない。主として賭け屋商売だ』」

「受動攻撃的」ホークが言った。

「おれは精神科医と寝てるんだ」私が言った。

「その話は聞きたくない」ホークが言った。

「この問題に関して、確信はあるのか」灰色の男《グレイ・マン》が言った。

ホークが頷いた。灰色の男《グレイ・マン》が私を見た。私は頷いた。

「それなら、なおさら監督を見つける理由が生じる」灰色の男《グレイ・マン》が言った。

「コディアック・キッドに適した仕事のように聞こえるな」私が言った。

灰色の男《グレイ・マン》がごくかすかに笑みを浮かべた。

「あんたが自分を面白い男と思っているのは判っている」彼が言った。「しかし、たまに、私は自分で自分を楽しませることを好む場合がある」

「想像しがたい」私が言った。「しかし、あんたが決めることだ」

灰色の男《グレイ・マン》が頷いた。

「なにができるか、やってみよう」彼が言って立ち、人気のない開放的な広場をトレモント通りのほうへ歩いて行った。

「彼を信用するか？」ホークが言った。

「いや」

ホークが頷いた。

「アイヴズを信用するか？」彼が言った。

「いや」

「エプスタインはどうだ？」

「なにかやる、と彼が言ったら、彼はやると思う」私が言った。

「彼はおれたちに嘘を言うだろうか？」ホークが言った。

「もちろん」

「おれはトニイを信用しない」ホークが言った。

「それに、レナードは彼の部下だ」

「ブーツが信用できないのは明らかだ」ホークが言った、「あるいは、ブロック・リンボウを」

「明らかに」

「ヴィニイを除けば、信用できる共謀者によるいい集団とは言えないな」

「もっと単純なことのように思えたな」私が言った、「お前が撃たれた直後は」

ホークが頷いた。

「ウクライナ人を何人か殺して」彼が言った、「自分の仕事に戻る」

「ブルー・ヒル街のあの男が死ぬのに怯えていたら、そういうことになっていたかもしれない」

「なにもかも面倒なことになった」ホークが言った。「呆れたことに、今ではおれたちは連邦政府と仕事をしてる」

「おれの国が正しかろうが、間違っていようが」私が言った、「おれの国であることに変わりはない」

「もちろん、そうだ。なぜアイヴズはこの件の一部なりとも自分がやらないんだ」

「彼は国内作戦は扱わない、公式には」

「で、忌々しいＦＢＩはどうなんだ？」ホークが言った。

「彼らの行動はかなりまともだ。〝ナイン・イレヴン〟以来。あの連中は予算で暮らしている。それが法律や規則その他の下らないことで縛られているのだ」

「それで、おれたちは縛られていない」

「それがおれたちの魅力だ」私が言った。

「誰かがブーツに尾行を付けていたと思うか？　彼が監督に導いてくれるかどうか？」

「もちろん」

「それなら、おれたちがそうするのは無駄だな」

「かりにその監督を見つけても、おれたちはどうやって彼であることを知るのだ」

「彼はターバンを着けてラクダに乗っているとは思わないのだな？」

「アフガン人がラクダに乗るかどうか、おれは知らない」

「おれたちはなにも知らないんだ」ホークが言った。

「おれたちにはちょくちょくあることだ」

「それでいて、おれたちは、たとえ見つけてもそうと判らない誰かを探してる」

「そのとおり」

「おれたちが全員を殺せば事は簡単だな」ホークが言った。「選別は神に任せるんだ」

「可能だ」

「それで、ルーサーの子供の基金は誰が出資するのだ」

「全員を殺す前に、おれたちがみんなの金を盗むことができるかもしれない」私が言った。

「それに、お前は意気地なしだから、たぶん、全員を殺すことすらできないにちがいない」

「判ってる。判ってる。向上しようと努力している」

「それに、おれたちは、ヴィニィ以外、関わっている連中を誰も信用できない」

「判ってる」私が言った。「〝お互いに誠実でいよう、あなた〟ということだな」

広場はいつも風が強い。静かな日でも、風が都会生活のゴミをかき回し、煉瓦舗装の上を吹き飛ばしている。

ホークがにやっと笑った。

「人前でおれを〝あなた〟と呼ばないでくれ」彼が言った。

40

ヘンリイ・シモリは、彼のボクシング・ジムの最終的格上げを終えている。ハーバー・ヘルス・クラブにピラティス用のスタジオを増設したのだ。彼の過去への賛歌と、ホークと私に対する好意から維持し続けている小さなボクシング・ルームのすぐ隣にある。スーザンが私たちと一緒に来て、ホークと私がウエイト・トレイニングの後、サンド・バッグにパンチの仕方を一つ、二つ教えるためにボクシング・ルームに入っている間、ピラティス・トレイニングをやっていた。バッグ相手のラウンドの合間に窓から見ることができる。彼女は柔軟で力強く、疲れを知らぬように見える。同時に、美しく、聡明に見えるが、私の印象はこれまでに得た知識に影響されているかもしれない。

シャワーを浴び、身なりを整え、弾けるような健康美を発揮しながら、ホークと私はラウンジでスーザンを待っていた。彼女が弾けるような健康美を発揮するのに、私たちより時間がかかった。しかし、出て来た時の彼女はそうだった。黒い髪が輝いている。化粧は巧みで芸術的だ。大きな黒い目は、よく見られるように、一種の挑戦で光っている。自分に付いてこられるか、と挑むような目だ。

「更衣室で女性の一人が、営繕係の男が覗いているところをつかまった、と苦情を言ってたわ」

ホークがクラブを見回して、トレイニングをやっている女たちを見た。

「今そばにいる人を除いて」彼が言った。「彼はどうしてそんなことをしたがるのだろう?」

スーザンが微笑した。

「私がいたからだと思うわ」彼女が言った。

「そうにちがいない」ホークが言った。

外のアトランティック街では、高架幹線道路の解体作業が耳を聾するような音を立てていた。私たちはボストン・ハーバー・ホテルまで二ブロックほど歩き、湾が眺められるラウンジに坐った。

「ブロックとジョリーンはこのすぐ向こうに住んでいる」ホークが言った。

「それはトニイ・マーカスの娘と義理の息子のこと?」スーザンが言った。

「そうだ」私が言った。「シーザーとクレオパトラだ」

「馬鹿とそれ以上の馬鹿だ」ホークが言った。

「それもあるな」私が言った。

ウエイトレスが私とホークにビールを運んできた。スーザンはライムが一切れ入ったウオッカ・アンド・トニックを取った。

「諸事どのように進行してるの？」彼女が言った。「あえて訊いてかまわないかしら？」

「おれの印象では」ホークが言った。「あんたがあえて行なわないことはあまりないな」

「だから、どんな具合なの？」彼女が言った。

「お前が話すか？」

「いいとも」私が言った。「おれが間違っていたら、ためらうことなく正してくれ」

「そうだな」ホークが言った。「誰かに訂正されると、お前はつねにひどく感謝するからな」

「それも、礼儀正しく」スーザンが言った。

「うるさい」私は言い、これまで彼女に話していないことすべてを話した。

話し終えた頃には、ホークと私は二杯目のビールを飲んでおり、スーザンはすでにウオッカ・アンド・トニックを一口飲んでいた。

「まあ、驚いた」スーザンが言った。「誰も信用できないのね」

「ヴィニイはたぶん大丈夫だ」ホークが言った。

「彼はべつにして。私が言うのは、あなたたちは、仮にいるとして、誰が味方か判らず、全員とまでいかなくても、誰が敵なのか、判らないのね」

「おれたちはその点は気付いている」ホークが言った。「あんたがおれたちに知らせてくれるのであれば、どんな女性の直感的洞察でも歓迎だ」

スーザンがホークに顔をしかめた。

「失礼よ」彼女が言った。

「あるいは、道理に基づいた分析」私が言った。

スーザンが私の手をぽんぽんと叩いた。

「そうでなくては」彼女が言った。

スーザンはしばらく窓から港の景色を眺めていた。

「この混乱状態に関わっている人で、誰かを信頼している人はいるの?」スーザンが言った。

「いない」私が言った。

「ブロックなんとか、あるいはトニイ、あるいはブーツとかいう人、あるいはジョリーン、ウクライナ人たち、グレイ・マン——私、グレイ・マンが関わっているのが気に入らないけど——他には?」

「いない」

人々が飲み食いしている間に港を回る大きな巡航船の一隻が、ゆっくりと桟橋を離れ始めた。船が動くにつれて、何羽かのカモメが腹立たしそうに飛び立った。

「ことによると、あなた方はそれを利用することができるかもしれない」スーザンが言った。

「どういう風に」ホークが言った。

「私にはまだなにも考えはない。でも、なにか方法があるに違いないわ。どんなことでも利用する方法はあるわ」

まだ日中だった。しかし、巡航船は中の照明をつけていた。幅の広い窓の付いた船楼からその照明が輝くままに、巡航船は港の出口に向かい、その航跡がなめらかな渦を起こしていた。

「現状の利用方法を考え出すのに、あなた方二人に勝る人はいないわ」スーザンが言った。

「たしかに」ホークが言った。

彼は巡航船を見ていた。両手が微動もしないでテイブルにのっている。私もビールを飲んでその船を見ていた。

そのうちに私が言った、「二人でなにか考え出せる」

「そうだな」ホークが言った。「おれたちにはできる」

41

ホークと私は、次の二日間を私のオフィスで過ごした。二人ともコーヒーの飲み過ぎだった。中華料理の食べ過ぎだった。どちらも坐ったり立ったりしていた。交代で立って、ボイルストン通りに向かって歩いていく女性たちを窓から眺めた。私は意味のない落書きをリーガルパッドに書きちらしていた。

「おれたちは、あの子が間違いなく金を手に入れるよう、確実を期さなければならない」ほとんど一時間おきにホークが言った。

「必ずそうする」私がほとんど一時間おきに言った。「彼が誰の金を手に入れるか、おれたちが考え出せばすむことだ」

「おれたちは必ず考え出す」ホークが言った。

「まちがいなく」私が言った。

二人とも、なんとしても計画を立てたかった。スーザンが提案したことなので、私はとくになにか考え出したかったたし、それが成功することを願った。私たちが熟考を続けている二日目の午後三時頃、灰色の男《グレイ・マン》が音もなくオフィスに入って来て、慎重にドアを閉めた。

「私は入った」彼が言い、ソファに坐った。

「入った？」私が言った。

「ブーツ・ポドラックの組織だ」灰色の男《グレイ・マン》が言った。「今や私は組織の一員だし、すでに、彼らが感謝するサーヴィスをしてやったのだ」

「彼らのために誰か殺したのか？」ホークが言った。

灰色の男《グレイ・マン》が頷いた。

「それは彼らの気に入る」ホークが言った。「人々を信用させるのに、誰かを殺すほど有効な手だてはない」

「判っている」灰色の男《グレイ・マン》が言った。

一瞬、私は感じた。灰色の男《グレイ・マン》とホークの共通点だ。

「市庁舎のポドラックのオフィスの窓の外にバルコニイがある」灰色の男《グレイ・マン》が言った。「誰かを、収入のピンハネをしている下っ端を罰する必要があって、ポドラックがそのバルコニイに出て行った。誰かが彼に・二二口径の射撃用ピストルを渡した。ポドラックがその銃をベルトに差した。下のほうで、連中がその悪者を地下室のドアから押し出し、逃げろ、と言った。ポドラックは、その男がブロックの中程に達するまで待って銃を抜き、男が角に達する寸前に、百ヤードの距離から、男の肩胛骨の真ん中を撃って殺した。悪者が倒れると、ポドラックは、確実を期するためにさらに何発か撃った。彼は絶対に狙いを外さないということだ」

「彼はそれをあんたに実演して見せたのか？」私が言った。

「そうだ。私を感服させるためだ」灰色の男《グレイ・マン》が言った、「それに、もちろん、私を怯えさせるためだ」

ホークが頷いた。無表情だった。

「どの位置まで上れると思う」

「ウクライナ人たちのすぐ下だ」灰色の男《グレイ・マン》が言った。

「ウクライナ人たちがいなくなったら、どうなるのだ？」ホークが言った。

「ポドラックのすぐ下の地位に就く」

「それで、彼がいなくなったら」ホークが言った。

「彼の跡を継ぐことができると思う」

ホークが頷いた。私の机へ行ってメモ用紙を取り上げ、私が書いては線で消した名前やメモを見つめていた。実際に目に入っていたかどうか判らない。

「ブーツはあんたを疑っていない」私が言った。

「そうだ。ポドラックは世慣れた男ではない。私は、彼が一度も行ったことのない国々での冒険の話をするのだ」

「それは本当の話を？」

灰色の男《グレイ・マン》が微笑した。

「もちろん」彼が言った。「ポドラックは一度も旅行をしたことがない。彼は非常に感銘を受けている」

「世慣れていないし、利口でもない」私が言った。「ブーツは、たんなる下劣さが達成できることの生きた証拠だ」

ホークがメモ帳を置いて窓の外を眺めていた。

「それに、射撃がうまい」灰色の男《グレイ・マン》が言った。「しかし、彼はたんなる下劣さ以上の人間だ」

「以上？」

「彼は残酷な行為を楽しみ、残酷な行為によって生まれる権力を楽しんでいるのだ」

「あんたはすでにそこまで彼を知っているのだな」私が言った。

「私は人生の大半、彼を知っている」灰色の男《グレイ・マン》が言った。

ホークが窓から向き直った。

「オーケイ」彼が言った、「おれたちは仕事を始める」

「計画ができたのか？」私が言った。

「できた」ホークが言った。

42

スーザンとパールと私は一緒にベッドに入っていた。私はパールを愛しているが、私の好みは以前から二人所帯だった。

「少なくとも彼女は、あの最中にはここにいなかった」私がスーザンに言った。

「いたとしたら、あまり品がよくないわね」

「七十五ポンドの犬を胸にのせた性交後の倦怠感。それはどの程度上品なことなのだ?」

「私たち、彼女を除け者にしたくないわ」スーザンが言った。

「したくない?」

「そう」

パールは頭を私の胸にのせていて、鼻はたぶん私の鼻から一インチくらいしか離れていない。私は彼女の金色の目をじっと見ていた。彼女が見返した。

「知性のかけらもない」私が言った。

「シー」スーザンが言った。「自分は利口だと思ってるのよ」

「思い違いだ」

「時折、私たちが持っているのは幻想でしかない場合があるわ」

「彼女は、美しいことで満足できないのだろうか、おれが満足しているように？」

「明らかにできないようね」

私たち三人とも黙っていた。スーザンの寝室の天井は緑色に塗ってある。壁はバーガンディ色だ。彼女のシーツはカーキ色に近く、枕カヴァーに金色の細かい飾りが付いている。私はパールを避けて手を伸ばし、スーザンの手を握った。彼女が頭をこちらに向けて、犬の頭越しに微笑した。

「私たち、日曜日の盛大な朝食を用意し」彼女が言った、「その間にあなたは、なにが気がかりなのか、私に話したらどう？」

「なぜ、おれがなにかを気にしている、と思うのだ？」

スーザンが心持ち首を傾けた。

「あなたは今、プロを相手にしているのよ」

私は手を放して、彼女の腹をぽんぽんと叩いた。

「それは確かだな」

「その意味で言ったんじゃないわ」

私は肩をすぼめた。犬を胸にのせていると容易ではない。

「なにを食べたい?」私が言った。

「アップル・フリッター、できるかしら?」

「ここに材料があれば」

「りんごがあるわ」

「手始めとしてはたいへん結構だな」私が言った。

「ほかになにが必要なのか、知らないのよ」

「調べてみる」私が言い、体をよじってパールの下から出ると立ち上がった。

「それに、パンツをはいて」スーザンが言った。「近所の人たちに哀れまれるといやなのよ」

「みんなひどく羨ましがるよ」

「自信は結構だけど、私の頼みを聞いて」

私は、性交後のレジャー・ウエアとして特別にスーザンの家に置いてあるジム・ショーツをはいた。彼女は、ヌードにならないためにやっと間に合う程度にパールからシーツを確保していた。私は腕を曲げて筋肉を誇示した。

「かっこいいわ」スーザンが言った。

私は手を伸ばしてシーツをはぎ取った。

「お返しだ」私が言った。

彼女がかすかに顔を赤らめたような気がしたが、確信はない。向き直ってキッチンに入っていった。

りんごとバナナと小麦粉のほかに、驚いたことにコーンミールと油があった。私はコーヒーを沸かし、フリッター作りにかかった。りんごとバナナの皮をむき、スライスすると、茶色に変色しないよう、べつべつのオレンジ・ジュースに放り込んだ。次に、小さなボウル二つで小麦粉とコーンミールを混ぜたものをつくり、一つにスライスしたりんご、もう一つにバナナを入れた。食べ物が豊富にあるのなら利用しない手はない。

スーザンが、リップグロスを塗り、髪をといて寝室から出てきた。オレンジ色の絹の短い着物のような物を着ていた。私は、カウンターか、なんなら調理用ストーヴのそばに立って食べるつもりでいたが、スーザンにはべつの考えがあった。ダイニング・ルームのテイブルにクロスを掛けて二人分のセットをし、リヴィング・ルームからチューリップの花瓶まで持ってきた。

「粉末砂糖、それともメイプル・シロップ？」彼女が言った。

「おれはシロップがいい」私が言った。

「私は粉末砂糖がいいわ」

「両方出せばいい」

「すごい決断力ね」彼女が言った。

私は、水を垂らすとはねるくらいに鍋のオイルを熱しておいた。次に、慎重にりんごとバナナを少しずつ熱したオイルに入れてゆくうちに、双方ともかなりの量ができた。私が調理している間スーザンはコーヒーを飲んでいた。

食事をするために席に落ち着くと、スーザンが言った、「さっ、話して」

「きみたち精神科医はいつも自信満々だな」私が言った。

「いい表現だわ。今の場合は」

私は肩をすぼめた。スーザンがフリッターを一口食べた。

「うわー。バナナまで？」

「スペンサーと一緒にいれば、退屈な思いは絶対にしない」

「絶対にしないわ」

私はそれぞれのフリッターにメイプル・シロップをかけ、コーヒーを飲んだ。

「ホークが計画を立てている」私が言った。

スーザンは頷いて、なにも言わなかった。

「複雑で、人々がおれたちの期待通りに反応することが必要だが、それには相当の準備が必要だ」私が言った。「しかし、悪い計画ではない。うまくいくかもしれない」

「あなたはもっといい計画を考えることができるの？」

「ホークの計画にまさるものは思い浮かばない」

「説明してくれる？」

私は微笑した。

「いいよ。しかし、注意深く聞く必要がある」

「困難なところはあなたが手伝ってくれる」

「もちろんだ、可愛いレイディ」

私が話している間、彼女は聞くだけでなにもしなかった。コーヒーを飲んだりなにか食べたり、指先をこつこつと打ち合わせたり、眉をひそめたり、微笑したり、体を動かすようなことは一切しなかった。スーザンは、真鍮のサルなら耳たぶが落ちるくらい、じっと聞いていることができる。私が話し終えると、彼女はしばらくなにも言わないでいた。

そのうちに言った。「もしその計画が成功するとしたら、大勢の人が殺されることになるかもしれないわね」

「そうだ」

「彼らが死ぬのを、あなたは気にする？」

「あまり気にしない。みんなさほど善良な連中ではない」

「でも、彼らを殺すことを、あなたは気にする」

「おれがまったく気にしない状況がある」

スーザンが頷いた。

「しかし、この計画の状況のもとでは、そうじゃない」

「おれはそうは思わない」

「あなたはこれまでに人を殺している」

「おれはつねに、そうせざるを得ない、と感じている」

「でも、この計画では、なんと言うか、連続暗殺のように思えるわ」

「そういったところだ」

「それで、あなたが身を引くことにしたらどうなるの？」

「おれは身を引くことはできない」

スーザンがかすかに笑みを浮かべた。

「判ってるわ」彼女が言った。「今のは修辞的な質問だった」

「問題は修辞的なものではない」

私はわざとぶっきらぼうな言い方をしたのだが、その点は二人とも判っていたし、スーザンはその点についてなにも言わないことにした。

批判的なことを言う代わりに、彼女は微笑し、スタン・ローレルを真似て言った。「今回は、きみは私たちをひどく厄介な状況に引き込んだわね、オリイ」

私は頷いた。

「その点はホークは気にしない」スーザンが言った。

「そう」

「あるいは、あの忌まわしいグレイ・マンも」

「どちらもその点について考えたことがあるかどうか、疑わしい」

「グレイ・マンが関わっていなければよかったのに」

私は肩をすぼめた。

「先日、おれが、あんたは変わった男だ、と言ったら、彼が、『私たちみんな、変わり者だ。私たちがやっていることにルールはない。自分のために、自分でルールを作らなければならない』と言ったよ」

「彼はいつも、あなたと彼は似ている、と言ってるわ」

私は頷いた。

「サン・フランシスコのことを覚えている？　あなたと私が別れ別れになっていた時のことを？　あなたはぽん引きを殺したでしょう？　あなたは有無を言わせず彼を撃った」

「そう」

「あの時、彼を殺さなければならなかったの？」

「おれはなんとしてもきみを見つけなければならなかった。おれは、あの二人の売春婦のそばに付いていて、おれたちのお陰で彼女たちが巻き込まれたもめ事から護ってやるわけにはいかなかった。おれたちがいなくなったら、あのぽん引きは彼女たちを殺していたにちがいない」

「だから、あなたは彼を殺さなければならなかった」

「そうだ」

「あなたが引き入れた危険な状態から、あの売春婦たちを護るために」

「おれはきみを探していたのだ」

「だから、ある意味では、あなたは私のためにやったのね」

「そう考えていたのだと思う」

「あなたは自分に嘘を言わない。あなたの世界では、あれはやらなければならないことだったのよ」

私はなにも言わなかった。

「ホークはこれをやらなければならない」スーザンが言った。

「そうだ」

「彼とあなたは、成人後の全人生を通じて、お互いの人生における確信性の象徴だった」

スーザンは、パールにやった一片以外のフリッターを食べ終えた。コーヒーを飲んでカップを置いた。

「彼の人生において、あなたは唯一確信の持てる存在だったのかもしれない」

「そうかもしれない」私が言った。

私を見るスーザンの大きな黒い目が、激しい生気を帯びているように思えた。パールが長い顎をテイブルにのせ、スーザンがぼんやりとパールの耳をなでながら軽く叩いていた。

「あなたは助けてやらなければならない」彼女が言った。

「そういうことになると思う」私が言った。

43

ホークと私はマーシュポートで、二棟の塗装されていない安アパートの間を通っている雑草に覆われた路地の半ブロック北の、ろくに商品のない食料品店にいた。その路地の反対側の出口は、通りを隔ててリンボウのオフィスの真向かいにある。

「グレイ・マンはどんな作り話をするのだ？」私が言った。

「知らない。おれはただ、三時にウクライナ人を一人ここによこして、そのことは誰にも言うな、と言っただけだ」

見栄えのしないシヴォレーが角を回って路地のそばに停まった。

「とにかく、彼はなにか思い付いたようだ」私が言った。

ホークがその車を見ながら頷いた。大きな男が車から降りた。

「リヴィア・ビーチでブーツと一緒にいた男だ」私が言った。

「ファデュシュカ・バディルカ」

「車にほかに誰かいるのかな？」

「見てみよう」ホークが言った。「おれがファデュシュカを見張っている」

私たちは食料品店を出て通りを渡った。ウクライナ人は私たちが近づくのを見ていた。車の中に人の動きはなかった。

私たちが五フィートくらいの距離に達した時、「なんだ？」ファデュシュカが言った。ホークが九ミリ口径のコルトで彼の額を撃った。コルトには消音装置《サイレンサー》が付いていて低い音を発しただけだった。ファデュシュカは声を発することなく崩れ落ちた。（しごく簡単だ）。私は拳銃を抜いて車に近づいた。中に誰もいなかった。ホークが消音装置《サイレンサー》を外してポケットに入れた。コルトをホルスターに戻してファデュシュカを抱き上げると、一見なんの苦労もなく路地に入って家の間を通り、リンボウの一枚ガラスの大きなウインドウの真向かいにあるゴミの缶の後ろに死体を置いた。私がしゃがんで冷え始めた死体を探ると、右の尻のポケットにファデュシュカの拳銃が差してあった。ヨーロッパのものらしい九ミリ口径のセミ・オートマチックだった。薬室にすでに弾が一発入っていた。ホークがしばらく死人を見ていた。

「おれが路地に入って来た」ホークが言った。「彼がここでウインドウを撃っていた。おれが撃って彼の頭に当たった。彼はゴミの間に倒れた。銃が彼の右手から落ちた」ホークが首を倒した、「そこに落ちた」

「そこに置いておこう」私が言った。

「オーケイ」ホークが言った。「おれは入ってゆく。お前が見える場所、表のウインドウのまん前に立つ。機が熟するまでそこにいる。おれが見えなくなったら、お前が撃つ」

私は頷いた。

「あのウインドウは死んだも同然だ」

「その後、お前は路地の反対側へ突っ走っていってブロックを回り、『なにがあったのだ？』と言いながら走って来る」

「お前はすでに一度その説明はしたよ」私が言った。

「お前の知性を過小評価して損をすることは絶対にない」

「そうだが、おれは一緒にいて楽しい男だ」

ホークはオフィスを見ていた。

「おれが脇に寄るまで待て」彼が言った。

「坊や」私が言った。「お前はなにもかも味気なくしてしまう」

「おれを坊やと呼ぶな」彼が言い、通りを渡り始めた。

私はファデュシュカの拳銃を持って彼の死体のそばに立ち、待った。ホークが表の入り口からリンボウのオフィスにはいって行った。間もなくウインドウを通して彼の背中が見えた。通りに人はいなかった。路地の私とファデュシュカだけだ。人間が溢れているスラム、と言う者は、ここに来たことがないのかもしれない。ホークの背中が左に動いて視界から消えるのが見えた。私はファデュシュカの拳銃を持ち上げてできるだけ速く引き金を引き、ウインドウの右上の隅に撃ち込んだ。板ガラスが割れた。破片が滝のように落ちてウインドウ全体が見えなくなった。私は死んでいるファデュシュカの手のそばに拳銃を置き、路地を突っ走った。隣の通りに出て左に折れた。そのブロックを走っている間に銃声が聞こえた。ホークが撃っているのが判っていた。また左に折れて、リンボウと彼のヒスパニック系の手下二人と同時に路地の入り口に達した。手下の一人、ヌンシオが拳銃を構えてさっと私のほうをむいた。

「おれはお前たちの味方だ」私が言った。「なにがあったのだ」

路地の姿の見えない辺りでホークが言った、「彼はおれと一緒だ」

ヌンシオが拳銃を下ろしたが、彼とハイメの二人が油断なく私を見ていた。

私は路地の入り口に入った。リンボウが拳銃を手にしてホークのすぐ後ろに立ち、ホークも銃を手にしていた。

「ミスタ・リンボウを撃とうとしたんだ」ホークが言った。「路地から。窓を通して撃ってきた」

「誰が彼を殺したのだ」私が言った。

「おれが殺した」ホークが言った。

「おれの部下は素早かったよ」リンボウが言った。

彼はちょっとうろたえているような顔をしていた。ヌンシオとハイメも同じような顔をしていた。

「おれが銃を抜くより早く、ドアから出ていた、驚いたよ」リンボウが言った。

「彼はあのゴミの缶の後ろから撃っていた」ホークが言った。「おれが来るのを見て、一瞬、凍り付いた」

「獲物を見た瞬間の興奮だ」私が言った。

「おれを獲物などと呼ぶな」彼が言った。

「いいよ」

「だから、おれは彼の頭に一発撃ち込むことができた」

「彼が誰だか知ってるのか？」リンボウが言った。

死体のそばへ行って念入りに見る気はないようだった。

「名前はファデュシュカ・バディルカ」ホークが言った。「ブーツ・ポドラックの手下だ」

「こんちくしょうはブーツの手下か」

「ブーツとトニイは仲違いしたのかもしれんな」私が言った。

ホークが頷いた。

「ブーツが彼にこれをやらせたと思うのか？」

「ファデュシュカは小便しない」ホークが言った、「しろ、とブーツに言われない限り」

「あんたは彼を知ってすらいないだろう、どうだ?」私が言った。

リンボウは慎重に死人を見ていた。

「ちくしょう」彼が言った。「知ってる。ブーツと一緒にいるのを見た」

「おれは証拠提出を終える」ホークが言った。

リンボウが目を丸くしてホークを見ていた。

「ブーツが彼をよこしたんだ」彼が言った。

「おれの推測では」ホークが言った。

「そうにちがいない」私が言った。

「あの糞野郎め」リンボウが言った。「おれがトニイに話したらどうなるか。トニイはカンカンになるぞ」

ホークが微笑した。

「当然そうなるだろうな」ホークが言った。

44

幅の広いスナップ・ブリムのソフト帽をかぶった灰色の男《グレイ・マン》は、MBTAのワンダーランド駅の壁に寄り掛かって《ボストン・ヘラルド》を読んでいた。ドッグレース場の向かいにあるワンダーランド駅は、ボストンから北に向かうブルー・ラインの最後の地下鉄駅だ。ホークと私はプラットフォームを歩いて行って彼の横に立った。彼は私たちを無視した。午前十時近くで、駅は込んでいなかった。

「これまでのところは順調だ」ホークが言った。

灰色の男《グレイ・マン》は新聞を読み続けていた。

「ファデュシュカは死んだのか？」彼が言った。

「そうだ、それに、リンボウはブーツのせいにしている」

灰色の男《グレイ・マン》が頷いた。

「彼を見つけたら」灰色の男《グレイ・マン》が言った、「警察は直ちにポドラックのところへやって来る」

「そして、ちょっとばかりあんたの助けを借りて」私が言った、「ブーツはリンボウのせいにする」

「詳細を話してくれ」灰色の男《グレイ・マン》が言った。

ホークが話した。

「あの窓は銃撃戦で粉々になった可能性がある」灰色の男《グレイ・マン》が言った。

ホークが頷いた。

「この件は、有能な警官が本気で調べたら、裁判では通用しないな」私が言った。

灰色の男《グレイ・マン》が微笑して新聞から顔を上げた。

「どこを探せばそのような警官がいるのだ？」

「たしかにそうだな」私が言った。

「死体は簡単に目に付くのか？」灰色の男《グレイ・マン》が言った。

「いや」ホークが言った。

「とすると、すぐには発見されないかもしれないな」灰色の男《グレイ・マン》が言った。

「匿名の通報がいいかもしれない」私が言った。

灰色の男《グレイ・マン》がちらっと笑みを浮かべた。

「ブーツの反応について、なにか考えは？」私が言った。

灰色の男《グレイ・マン》が肩をすぼめた。

「彼は放っておくことはできない」灰色の男《グレイ・マン》が言った。

彼がホークを見た。

「それにウクライナ人たち」彼が言った。「人数が減った彼らは、報復を求めるはずだ」

「そんなことを知っているのか」私が言った。

「私はウクライナ人を知っている」彼が言った。

「民族的分析か?」私が言った。

「私はウクライナ人を知っているのだ」灰色の男《グレイ・マン》が言った。「それで、マーカスはどうなのだ?」

「彼はリンボウが嫌いだ」ホークが言った。「しかし、あの男は娘の夫だ」

「聞くところによると、彼女はあまり評判のいい娘ではなさそうだな」灰色の男《グレイ・マン》が言った。

「それでも、彼の娘だ」ホークが言った。「トニィは今度のようなことは放っておけない」

「それに」私が言った。「双方が、相手方に裏切られた、と考える」

ホークが微笑した。

「実際はおれたちに裏切られているのに」彼が言った。

「それを知ったら、双方とも腹を立てるはずだ」灰色の男《グレイ・マン》がいった。

「そして、共通の目的のために力を合わせる」私が言った。

「ということは?」灰色の男《グレイ・マン》がいった。

「おれたちだ」ホークが言った。

「幸いなことに」灰色の男《グレイ・マン》が言った、「この件で私の立場では、さして頭のいい連中を相手にしていない。マーカスはどうなのだ」

「トニイはかなり頭がいい」

灰色の男《グレイ・マン》が、プラットフォームの向こうの短い花柄のドレスを着た若い女を見つめたまま頷いた。

「とにかく、それはきみたちの方の問題だ」彼が言った。

45

五月で、陽気のいい日だった。ホークと私は、レナードと一緒にマーシュポートのオーシャン・ドライヴ沿いに延びている防波堤に坐っていた。そこから暗い海が東に延びて、最後は彼方の永遠の水平線にとけ込んでいる。

「驚くな」ホークが言った。「マーシュポートのような下らない町で、こんな素晴らしい海の景色が見られるとは」

「いい景色だ」レナードが言った。「トニイが、ブーツがリンボウを殺させようとしていることについて、お前たちが知っていることを知りたがっている」

レナードは非常に低い声で話していた。

「彼がお前にそのことを話したのか？」

「お前たちの側の話を聞きたがっている」レナードが言った。

「おれたちがあの場にいたのは幸運だった」ホークが言った。

私は、その質問と答えの間で、ホークの頭がどんなに速く回転しているか、判っていた。

ファデュシュカを撃ったのがホークであることを、リンボウは認めるだろうか？　あるいは、自分の手柄にするだろうか？　リンボウはひどく怯えていて、たぶんトニイに嘘を言わないはずだ、とホークは判断した。それが正しい応答の仕方だった。レナードはなにも言わず、表情になにも表れなかったが、心持ち緊張をほぐしたのを私は感じた。

「お前が彼を撃ったのだな」レナードが言った。

「そうだ」

「お前たちはリンボウに会いにあそこに行った」レナードが言った。

声の調子は変わらなかったが、質問であるのが私には判っていた。

「ブーツについてなにか判ることはないか、探しに行ったのだ」ホークが言った。「おれたちが奴を狙っているのは、お前にとってなんの秘密でもない」

レナードが頷いた。

「それで、お前はなぜホークと一緒にオフィスにいなかったのだ？」レナードが私に言った。

「車を駐めていたんだ」私が言った。

「なぜ表に駐めなかったんだ？」レナードが言った。「とにかく、あの区域の住人は絶対に裏に駐めない」

「万一、リンボウの店のまん前でブーツの手下のお巡りが違反キップを貼ったら、おれたちの目的にそぐわない、と考えたのだ」

レナードがまた頷いた。

「一部始終を話してくれ」レナードが言った。

ホークが一連の出来事に関する私たちの見解を話した。彼が話し終わると、レナードがまた頷いた。

「お前たちがその場にいたのは幸運だったな」彼が言った。

「トニイはどうするつもりだ？」私が言った。

「なにも言っていない」

「彼はどうする、とお前は思う？」

「なにも言っていない」

ホークが大きな笑みを浮かべた。

「お前ならどうする」ホークが言った。「お前がトニイなら」

「なんであれ、トニイに言われた通りに」レナードが言った。

「よし」ホークが言った。「お前がトニイの腹心であるのが判ってきた」

レナードはなにも言わなかった。

「トニイに伝えてくれ、彼がブーツについてどのような計画を立てようと、おれたちは協力する用意ができている」

た。

「トニイは、まず、ブーツが約束に違反した理由を知りたがるはずだ」

「ことによると、リンボウの仕事がうまくいきすぎているのかもしれない」ホークが言った。

レナードがしばし微笑を浮かべていた。

「たぶん、そうじゃないだろう」

「トニイは応援を何人かよこすのか？」私が言った。

「ブロックはここにいない」

「彼はどこへ行ったのだ？」

「ボストンに戻った」

「あっちなら、トニイは彼を監視できる」私が言った。

「トニイは二人ほど配置している」

「波止場に」私が言った。

レナードが頷いた。

「ジョリーンは喜ぶにちがいない」私が言った。

「ジョリーンが喜ぶことはあまりない」レナードが言った。

46

「おれは二人の男にビリヤードでわざと負けた」ヴィニイがいった。「それに、一人の男がブラックジャックでおれを負かすのを我慢した。奴は、おれの方がはっきり読めるような印の付いたばかばかしいカードを使っていた」

「それで?」ホークが言った。

「おれは、損した分だけ貸しがある」ヴィニイが言った。

私たちは、ミスティック・リバー・ブリッジの眺めのいいチェルシイのピザ屋にいた。橋は四十年ほど前にトビン・ブリッジと名前が変わっているが、私は伝統主義を通している。

「おれがお前を雇ったんじゃない」ホークが言った。「雇い主に言ってくれ」

ヴィニイが私を見た。

「おれがピザ代を払うことにしたらどうだ」私が言った。

「ピザ代はいずれにしてもお前が払うことになってるんだ」ヴィニイが言った。

「なにが判ったんだ」ホークが言った。「それだけ負けた代償として？」

「町は完全に組織されている」ヴィニイがいった。「売人たちがいる、麻薬、数当て賭博、売春婦。その上に町のブロックの軍曹たち、その区域の大尉たち、そして市全体のボスのウクライナ人がいる」

「名前は聞いたのか？」ホークが言った。

「もちろん、聞いたが、どうにも発音できない」

「言ってみろ」ホークが言った。

ヴィニイが首を振った。

「だめだが、控えてきたよ。その男が綴りを言ってくれたんだ」

彼がホークにカクテル・ナプキンを渡すと、その上にヴァンコ・チクリンスキイと活字体で書いてあった。ホークが読んで頷いた。

「ヴァンコ・チクリンスキイ」ホークが言った。

「そう、その男だ」ヴィニイが言った。

「彼が組織の長なのか？」

「組織の流れを図にすれば、彼はそうなる」ヴィニイが言った。「本当の頭はブーツであることは、みんな知っている」

私たちのテイブルに大きなペパロニ・ピザがのっていて、みんなで分け合っていたが、レナードはべつで、彼は少量のサラダとダイエット・コークを取っていた。

「ウクライナ人は全員ブーツの手下だ。その一人は今は彼のボディガードだ」

「リアクサンドロ・プロホロヴィッチ」ホークがいった。

「そんな名前だ」ヴィニイが言った。「おれが話をした連中は、もう一人の若造、リンボウはとんだ笑い種だと思っている」

「彼はブラックベリイなんだ」レナードが言った。

「ブラックベリイ？」私が言った。

「あの男は黒人になりたがっている」ホークが言った。「一切れのワンダー・ブレッドのように真っ白なのに」

「そういう男たちに実際に呼び名があるのか？」私が言った。

「もちろんだ」ホークが言った。「レナードやおれのように超クールでありたい男たち。自然にリズムにのれて、性的動因が強い男になりたい。ペニスが大きくなるのを願ってる連中だ」

「思うままに反抗できる特権がある」私が言った。「落ち込んで不快な真似をしても、郊外のお巡りにぱくられない特権がある」

「その通りだ」ホークが言った。「入会金を払うことなく、おれやレナードのような真のアフリカ人になりたがる連中」

「ところが、お前たち真のアフリカ人は改宗者を歓迎しない」

レナードが黙って私を見ていた。

「一体、彼は、なんの話をしてるんだ？」レナードがホークに言った。

「いつまでたってもおれには判らないんだ」ホークが言った。

「たんに人種的境界線の橋渡しをしたい、と願っているだけだ」私が言った。

「なるほど、そういうことか」ホークが言った。

「リンボウは、手下と言える連中が何人かでもいるのか？」私はヴィニイに訊いた。

「彼には、浮浪者のようなプエルトリコ人のごろつきグループがいる。それでこの市を乗っ取ることができる、と思っている」

「何人」

「その時々で違うが、たいがいは小僧たちで頼りにならない。彼が当てにできる連中？　せいぜい八人かな」

「だったら、ブーツはハエを叩くように、簡単に彼をやっつけることができるな」私が言った。

「もちろんだ」ヴィニイが言った。「彼はトニイとの約束事に含まれていない」

「それに、ブーツにはもはやその約束事もないかもしれない」レナードが言った。

「彼が商売をしていた店が昨日燃えたんだ」ヴィニイが言った。「誰かが火をつけたんだ」

「建物全体か？」私が言った。

「そうだ」

「住人は？」

「マーシュポートのお巡りが二人来て、火事が始まる前に全員を退避させたんだ」

「どうやらトニイとの約束事は無効のようだな」私が言った。

「グレイ・マンからなにか連絡があったか？」レナードが言った。

ホークが首を振った。

「それで、おれたちはどうするのだ？」レナードが言った。

ホークはペパロニ・ピザを嚙んでいて、それがたいへんいい考えのように思え、私はもう一切れ取った。ホークはピザを嚙みながら、なにか考えているような表情でレナードを見ていた。そのうちに、呑み込んでアイス・ティを飲み、ペイパー・ナプキンを念入りに口に当てていた。

「レナード」彼が言った。「お前が決断しなければならないことがある」

レナードは待っていた。

「お前はおれたちの仲間なのか、それともトニイに付いているのか？」

「おれはトニイに付いている」レナードが言った。

「おれたちも、たぶん、トニイに付くことになるだろう」ホークが言った。「しかし、そうでないことになった場合、お前がどっちの側か、おれは知る必要がある」

「一応、状況によるな」レナードが言った。

「そうだ」ホークが言った、「たしかに。おれは、トニイとはべつに問題はない。彼を殺したくないし、彼のビジネスに害を及ぼしたくない」

レナードはなにも言わないでホークを見ていた。

「おれは、この町の商売を根こそぎ潰し、ブーツと二人のウクライナ人を殺すつもりだ」

「トニイの義理の息子をどうするつもりだ?」レナードが言った。

「なにもしない」ホークが言った。

「ホーク、おれはお前を恐れてはいないよ」レナードが言った。

「恐れるべきだ」ホークが言った。「おれを恐れるべきだし、おれと一緒にいるこの口の達者な大口魚を恐れるべきだ」

「ま、いいだろう」私が言った。

ヴィニはコーヒーの味に全神経を集中しているようだった。彼は、注意するために金をもらっていること以外、なににも注意を払わないのではないか、という気がした。

レナードが首を振った。

「おれは、お前のそばに付いていて」彼が言った、「なんであれお前が必要なことの手助けをし、どういうことになっているか知らせろ、とトニィに言われているんだ」

「それで、かりにおれたちが、彼に聞かれたくないことをやっている場合は？」

「これまた状況による」レナードがいった。

「時には、長い目で見て、彼に知らせないことが、もっともおれの役に立つ手助けになる場合があるかもしれない」

「それは、その時の状況による」レナードが言った。

ホークが私を見た。私が見返した。彼が肩をすぼめた。私は頷いた。

「とにかく、そのような状況になった場合に対処しよう」ホークが言った。

レナードは気の強い男だ。

「お前にできれば」彼が言った。

「いい加減にしろ、レナード」ホークが言った。「もちろん、おれたちはやれる」

47

「今日、始まることになる」1A号線沿いのドーナッツ・ショップの駐車場で、レナードが私たちに言った。「お前にも加わってもらいたいが、お前にとって都合が悪ければ、なにはともあれ、邪魔にならないようにしてくれ、とトニイが言っている」

「おれたちにとっても都合がいい」ホークが言った。

「グレイ・マンは市庁舎で働いているのか?」レナードが言った。

「そうだ」

「止めた方がいい、と知らせるのがいいかもしれない」レナードが言った。

「いつ始まるのだ?」私が言った。

「その時は判る」レナードが言い、ホークの車から降りて自分の車の方へ歩いて行った。

ヴィニイは後ろの座席に坐ってiPodに聞き入っていた。レナードが来ていたことすら知っていたのかどうか、知りようがなかった。

「トニイはまっすぐ獲物を狙って行くつもりだ」ホークが言った。

「そうらしいな」私が言った。

「まっすぐブーツを狙って行く」ホークが言った。

「それはおれたちの望むところか？」私が言った。

ホークが首を振った。

「なにより先に、信託資金を手に入れなければならない」ホークが言った。「おれたちにとって、その手だてはブーツ以外にない」

私はコーヒーを一口飲んだ。

「あの子の信託基金に寄付してくれる誰かべつの人間を見つけることができれば話は別だが」私が言った。

「ヴィニイか？」ホークが言った。

私がヴィニイを見ると、ホークのジャガーの革張りの後部座席に頭を寄せかけていた。目を閉じて音楽を聴いていた。

「お前の言う意味判るよ」私が言った。「だから、おれたちは彼を救わなければならない」

「厄介なことかな？」ホークが言った。

「そうだ」私が言った。

ホークが微笑して、スタン・ローレルの完璧な真似をした。

「今回は、わしは我々をひどく厄介な状況に引き込んだな、オリィ」

「とにかく」私が言った、「グレイ・マンの身に害が及ばないようにすることについておれたちに警告した時、レナードになにかべつの計画があったのでなければ、事は市庁舎から始まる、と考えていいな」

「同感だ」

「だから、いろいろな陽動作戦が行われるにちがいない」

「当然」

「それがおれたちの役に立つかもしれない」私が言った。

「お前のグラスが空になることはないんだな」

「間抜けな楽天家だ」

「今度のことはおれたちが企んだ」ホークが言った。「事前にブーツに警告することはできない。なにもかもばれてしまう」

「自分が仕掛けた罠にはまる」

後ろの座席で、イヤフォンを耳から離してヴィニイが言った、「その罠というのは地雷のことなのを知ってるか？」

ホークと私は顔を見合った。

「それは知っていた」私が言った。

ヴィニイがちょっと肩をすぼめてまたイヤフォンを耳にはめた。

「なにか計画を立てるのは困難だ」ホークが言った、「トニイがどうするつもりなのか、知るまでは」

「彼が市庁舎から始めるのは判っている」私が言った。「グレイ・マンに電話しよう」

「いいだろう」ホークが言った。「一緒にやるか、ヴィニイ?」

ヴィニイがちょっと目を開いた。

「もちろん」と言って目を閉じた。

48

灰色の男《グレイ・マン》が、市庁舎から四、五ブロック離れたオーシャン・ウエイ沿いの釣具屋の駐車場で私たちと会った。ホークの車のヴィニイがいる後部座席に乗り込んだ。誰もほかの者に注意を払わなかった。

「トニイ・マーカスがブーツを殺しに来る」ホークが言った。

「どこで？」灰色の男《グレイ・マン》が言った。

「たぶん、市庁舎だ」

「いつ？」

「判らない」ホークが言った。「近いうちに」

「あんたはそれに加わるのか？」灰色の男《グレイ・マン》が言った。

「おれたちはブーツを助け出すつもりだ」

「助け出す？」

「死ぬ前に」ホークが言った、「ブーツは、ルーサー・ギレスピイの子供のための金をおれにくれることになっている」

「そうか」灰色の男《グレイ・マン》が言った。「なるほど。あんたはすべてを果たしたい」

「そうだ」

「私に銃を使ってもらいたいのか、それとも、私は秘密の存在でいる方があんたたちの役に立つのか」

「おれたちがブーツに近づくのに、あるいは、ブーツをおれたちの方へ来させるのに、あんたが必要だ」ホークが言った。

灰色の男《グレイ・マン》が頷いた。

「私が正体を知られることなく」灰色の男《グレイ・マン》が言った。

「その通り」ホークが言った。

灰色の男《グレイ・マン》はホークを通り越して係船池のボートを眺めていた。大した係船池ではなく、何艘かいるボートは主としてセグロカモメの止まり木になっているようだ。

「タイミングは判っているのか」灰色の男《グレイ・マン》が言った。

「いや」ホークが言った。「ブーツは専用の出入り口があるのか？」

灰色の男《グレイ・マン》が頷いた。相変わらずみすぼらしい係船池の向こうの汚い港を眺めていた。ここからは外洋は見えない。後ろの座席で灰色の男《グレイ・マン》と並んで坐っているヴィニィは眠っているように見えるが、彼にしか聞こえない音楽に合わせてそっと首を上下に動かしている。

(自分にしか聞こえない音楽に合わせて首を上下に動かしているのは、たぶん私たち全員を象徴しているのだろう)。私はひそかに微笑した。〝犯罪撲滅者兼哲学者〟だ。

「撃ち合いが始まったら、彼はその出入り口を使うと思うか?」私が言った。

「ブーツは簡単には怯えない」ホークが言った。

「そうだ」私が言った。「しかし、彼は愚かではない」

「私たちはなにも決める必要はない」灰色の男《グレイ・マン》が言った。「私がその道順をあんたたちに教える。あんたたちは外で待っている。撃ち合いが始まったら、私が彼に勧める。彼が出て来たら、あんたたちがつかまえればいい。出て来なかったら、あんたたちが入って来る」

「あんたはとどまるつもりなのか?」私が言った。

「そうだ」

「あんたは生きている方がおれたちの役に立つ」

「私は長年生きてきている」灰色の男《グレイ・マン》が言った。「それに、銃弾が飛び交うのを何回となく聞いている」

「判った」ホークが言った。「その出口について話してくれ」

「紙とペンを持っているか?」

ホークが頷いた。ダッシュボードからメモ帳とボールペンを出して渡すと、灰色の男《グレイ・マン》がしばらく無言で図面を描いていた。

「これが表玄関だ」彼が言った。

「ここが？」私が言った、「矢印付きで〝表玄関〟と記した看板がかかっているところか？」

灰色の男《グレイ・マン》は微笑しなかった。

「そうだ」彼が言った。「この辺り、建物のブロード通り側の側面に沿って、旧市庁舎と十年前に建てた増築部分の間を路地が通っている」

「何階だったかな、二階か？　周りを囲い込んだ橋で繋がっている？」私が言った。

「そうだ。必要が生じたら、市長は、自分のオフィスからその橋を渡って、増築部分の地階の防火扉に通じる非常階段を下りて、路地に出る防火扉に行く。しかし、もう一階、地下室まで降りると、ブロード通りの向かいの駐車場に繋がる通路がある」

「駐車場はどこにあるのだ？」ホークが言った。

「一つは路地の向こう側」灰色の男《グレイ・マン》が言った、「ブロード通りに。一つは反対側、イクスチェンジ通りに出るのがある」

「その通りは主道だ」ホークが言った。

「イクスチェンジ通りに出ると、どの方向へも逃げられる。フランクリン通りで西へ、エセックスで北へ、フェデラルで南へ」

「ブロード通りに出ると、撃ち合いの最中に戻ることになる」灰色の男《グレイ・マン》がスケッチしている地図を見ながらホークが言った。「撃ち合いがあるとして、それに、連中が建物を包囲したとして」

「建物の包囲を怠るのは」灰色の男《グレイ・マン》が言った、「愚か者だけだ」

「トニィは愚か者じゃない」ホークが言った。

「そう」私が言った、「彼は馬鹿ではない」

「しかし、時折」灰色の男《グレイ・マン》が言った、「私はあんたたち二人について疑念を抱くことがある」

「おれたちみんな、互いにそう思っている」私が言った。「あんたはこのトンネルに関する情報をトニイにも知らせているのではないだろうな、どうだ？」

「知らせていない」

「知らせるな」ホークが言った。

灰色の男《グレイ・マン》が温かみのない穏やかな笑みを浮かべた。

「そんなことは夢にも考えていない」彼が言った。

49

スーザンと私は、〈リッツ〉のバーの窓際のテイブルに坐って、アーリントン通りの向こうのパブリック・ガーデンで、春が優美に広がってゆくのを眺めていた。

「イギリスの作家のE・M・フォースターだったと思うけど」スーザンが言った、「自分の国に対する裏切りと、自分の友人に対する裏切りのどちらかを選ばなければならない場合、国を裏切る勇気が自分にあることを願う、と言ってるわ」

「その類似は不完全だ」私が言った。

「類似はすべてそうよ」スーザンが言った。「でも示唆に富んだ言葉だわ」

「かりにおれがホークの手助けをしなかったにしても、彼がそれを裏切りと考えるかどうか、判らない」

スーザンが頷いた。五時十分だった。アーリントン通りの人車の交通が激しい。夕食と家族が待っている我が家へ帰る人々。たぶん、その一部は幸福感を味わっているのだろう。一部の人はそうではないのだろう。

「あなたはどのように考えるの?」

私は瓶のビールを少しグラスに注いだ、泡立つように上からまっすぐ。ビールは泡に覆われているほうが味がいい。

「裏切り」

彼女がまた頷いた。

「でも、ブーツ・ポドラックを葬るのに彼に協力した場合、あなたはなにかを裏切ることになる、そうでしょう?」

笑いが止まらない若い人たちが列をなしてニューベリイ通りの横断歩道に入り、ビーコン通りまで車の流れを止めてしまった。若者たちはぶらぶらと渡りながらそれを楽しんでいるようだった。

「おれ、だろうな」

「私もそう思う」スーザンが言った。

車の流れが止まったままでいる中を、長髪のみすぼらしい男がよたよたと歩き、金を乞うていた。ナイキの赤い袖無しのTシャツを着ていて、痩せた白い両腕が青い入れ墨に覆われていた。ほとんどの人が彼を無視した。

「きみにはなにか解決方法があるのか?」

「いいえ。しかし、あなたがどうするつもりなのか、判ってるわ」私はビールを飲み、黒のストレッチ・リムジンが乗客を降ろして丁重なドアマンに預けるのを見ていた。

「おれは抜けることはできない。最後まで彼に付いていなければならない」

「判ってるわ」スーザンが言った。

「だから、おれはなぜそのことについて話しているのだ」

「あなたと私だから。私たちはあらゆることについて話し合うわ」

「きみならどうする？」

「私があなただったら、というありえない場合に？」

私は頷いた。

「私はホークに付いてるわ」

「しかも、きみはハーヴァード出身のお嬢さんだ」私が言った。

「それに、私は悩むはずだわ。そして、友人を裏切るより、自分が間違っていると思うことをやっている事実を直視し」――彼女が私に微笑した――「それによって自分がやっていることがいわば正当化される」

「驚いたな」私が言った。「きみたち精神科医は本当に入り組んだ考え方をするな」

「私たち精神科医がどうであれ」スーザンが言った、「私たちは、非常な窮状に陥っていて、自分がどうしようと気が咎めるのは判っているけど、たいがいの場合、自分がタフで自身を甘やかさないでいれば、時がたつにつれてその気の咎めは薄れて、自分を許すことができるのを知っている大勢の人たちと話し合ってるわ」

「それに、ひねくれている」

「それに、希望が抱けるわ、強迫観念にとりつかれていない限り、やがては自分を許すことができるのは。しかも、それは真実だわ」

「真実が人を解放してくれるのか？」

スーザンが頷いた。

「それに、皮肉っぽい人間にする」

アーリントン通りの車が少なくなっていた。今では、仕事から家に帰る人々の大半はストロウ・ドライヴに移っている。あるいは、高速道路に。あるいは、有料高速道に。あるいは、トンネルの多い道路に。あるいは、ザキム橋を渡る道路に。今では、その一部の人たちは、夕食前の最初の一杯を飲んでいる。新聞に目を通しているかもしれない。たぶん、その中に、ウクライナ人の社会病質者の一団と撃ち合うことを計画している者は一人もいないはずだ。スーザンは前のテイブルの上でワイングラスをゆっくりとまわしている。私が両手を差し出すと、彼女はグラスを放してその手を握った。

「ありがとう」

「礼はいいのよ」彼女が言った。「今度は私が、ちょっと言いたい」

「何事も公平にいこう」

「万一、あなたが殺されるようなことがあったら、私も死にたいと思うにちがいない」

私はうなずいた。胸の中にもっと空気が必要な気がした。ウエイターが飲み物のお代わりを持って来た。窓の外で、ドアマンが指を二本口に入れてタクシーを呼んだ。私は以前からあの指笛をやりたいと思っているが一度も成功したことがない。できるだけ静かにたくさんの空気を吸い込んだ。ため息をつくのを人に見られたくない。「これまでのところはうまくいっている」私が言った。

スーザンが微笑した。

「そうね」彼女が言った。「これまではうまくいってるわ」

50

「撃ち合いは今日始まる」ホークが言った。

「レナードがそう言ったのか？」

「そうだ」

「時間を言ったか？」

「いいや」

私たちはホークの車で行き、市庁舎に面した小さな広場の歩道脇に駐めた。五月のある朝の七時で、マーシュポートですら五月の朝の新鮮さをたたえており、私たちはコーヒーを飲みながら、マーシュポートで職に就いている人々がばらばらと出勤するのを眺めていた。

「おれの推測では、もうすぐだな」私が言った。

「フォード・イクスペディション」ホークが言った。「あの角の？」

「そうだ」

「色つきのガラスを通しておれに精一杯見えるところでは」ホークが言った、「屈強の兄弟が何人かあの中にいる」

「車も黒だ」

「当然そうあるべきだ」

「ほかにも何台かいるにちがいない」私が言った。

「紺のタウン・カーが向こうにいる」ホークが言った。「反対の角だ」

「それに、建物の裏側に二台ほどいるにちがいない」

「まず間違いないな。事が向こうの方へ移った場合に備えて、ヴィニイがあっちにいる」

「携帯電話を持って？」私が言った。

「そうだ」

「かくも長年の間、我々犯罪撲滅者は、携帯なしでどのように機能していたのだろう？」

「大声で叫んだ」ホークが言った。

「ここでおれが気に入ってるのはなにか、知ってるか？」私が言った。「大勢の黒い男たちが、大勢の白い男たちと撃ち合うべく車の中で待っているが、それは人種に関する争いではない」

「主として権力と金に関することだ」

「人種問題はとても太刀打ちできない」

「できるものがあるか?」

私たちはコーヒーを飲んだ。誰もなにもしなかった。イクスペディションとタウン・カーは音もなく停まっていた。

「グレイ・マンは知ってるのか?」私が言った。

「ああ」

八時になると、数人の公僕がぶらぶらと市庁舎に入って行った。

「連中はブーツが来るのを待ってる」ホークが言った。

「彼が着いたところを見ていなかったら、連中は、彼があそこにいるのをどうやって知るのだ?」私が言った。「彼は専用のトンネルから入って来るかもしれない」

「何時であれ開始時間が来れば、彼らは突入する。あそこに彼がいなかったら、連中は誰かほかの者を撃つ。実地教育になる」

「撃つ人間は大勢いる」

ホークが首を振った。

「これはレナードが指揮している」彼が言った。「彼はかなり頭がいい。彼は、市民を撃つことはトニィが嫌うのを知っている。市民は、邪魔にならないよう身を低くしていれば、まず安全だ」

「撃ち合いの最中に机の陰に潜んでいるのは、誰もが安全と考えることではない」

ホークが微笑した。

「相対的な問題だ」

「トニイはレナードに指揮を執らせている」私が言った。

「そうだ。トニイは銃を扱うのはかなりうまいし、撃ち合いをさして恐れていないが、彼は、自分が誰であるか知ってるし、自分がいちばん得意なのはなにか、知ってるし、部下に代行させることも心得ている。レナードはこの件を十分指揮できる」

「それに、彼は、タイ・ボップやジュニアを行かせるようなことはしない。彼らはスペシャリストだ」

「彼らはトニイ直属だ。ジュニアは、トニイに言われれば誰かを殴り倒すし、タイ・ボップはトニイに言われた相手を撃つ。しかし、彼らの主な任務はトニイを護ることだ」

「矢板のように」私が言った。

「そうだ」

「専門化の時代だ」

私たちはまたコーヒーを飲んでいた。職場に向かう者はみんな職場に行ったらしい。広場は静かだった。九時三十五分にちょっとした行列が市庁舎に到着した。警察のヴァンが停まり、自動小銃を持ったSWATばりの男たちが降りて市庁舎の前に散開した。次に、リムジンが停まってブーツが降り、両側にウクライナ人、その周りを制服警官が囲んで正面階段を上った。SWATばりの連中がヴァンに戻り、ヴァンが走り去った。

十時にレナードとほかに五人の男たちがイクスペディションから降りた。男たちの一人がショルダー・バッグを担いでいた。一団が広場を横切って市庁舎に入って行った。

「始まりだ」私が言った。

ホークが頷いた。

「よかった」ホークが言った。「コーヒーがなくなったところだ」

「彼らは防弾ヴェストを着ている」私が言った。「しかし、重火器は見えないな」

「あのバッグになにか入ってる」ホークが言った。

「ことによると、手榴弾かな?」

「かもしれん。なにか、分解したものかもしれん」

「弾薬かもしれん」私が言った。

「用意はいいな」ホークが言った。

私たちは市庁舎の方から一発の銃声を聞いた。さして大きくはなく、建物で押さえ込まれており、聞き耳を立てていなければなにの音か判らない。

「ロビイのお巡りだな」ホークが言った。

ホークの携帯電話はカー・フォンの役も果たしている。鳴った。

さらに三発、銃声が聞こえた。

ホークがスピーカー・ボタンを押した。

「ヨウ」ホークが言った。

灰色の男《グレイ・マン》が言った、「彼らは建物に入って来た。私はトンネルを通って外に出るようポドラックにすすめた。ウクライナ人たちが彼を連れて行く」

「車は？」

「ある、車庫に、銀色のボルボSUV（スポーツ用多目的車）だ」

「イクスチェンジ通りの出口か？」

「まずまちがいない」

「あんたは？」

私は灰色の男《グレイ・マン》の暗いかすかな笑みが聞こえるような気がした。

「私は自分なりの計画がある」彼が言った。「後でまた話そう」

通話が切れた。ホークが通話終了ボタンを押して車のギヤを入れ、私たちは広場を回って一ブロック北へ上り、イクスチェンジ通りの車庫の出口が見える場所へ行った。離れているので、前より頻繁になった銃声が、ようやく聞こえる一連のポンという音になった。撃ち合いの場から一ブロック離れると、なにが起きていても判らない。遠くの方からサイレンが聞こえてきた。

「援軍だ」私が言った。

「おれの想像では」ホークが言った、「彼らはここに着く前に、なんらかの障害物に行き当たるはずだ。言ったろう。レナードはかなり利口だ」

彼が話していると、銀色のボルボSUVが車庫から出て来て、フランクリン通りを西に向かった。

ホークが、「タリイ・ホウ」と言い、私たちは彼らの後についてフランクリン通りを走った。

51

ホークは鶏小屋の中で狐の後をつけても、狐にも鶏にも気付かれることはない。私たちは、間に車を三台おいて銀色のボルボに付いて行った。私はヴィニイに電話した。

「おれたちはフランクリン通りで、ブーツに付いて西に向かっている」私が言った。

ヴィニイが、「了解」と言って電話を切った。

「ヴィニイはあまり喋らないな」ホークが言った。

「彼にもっと喋ってもらいたいのか？」私が言った。

「とんでもない」

私たちはソーガスを通り、一号線を北に向かった。一二八号線を東に向かい、一一四号線で南に向かった。

「おれたちは大きな輪を描いて走っているように見える」私が言った。

「戦いの場を通り抜けるより、外側を回る方が安全だ」

「それに、尾行を試みる者を欺く」

「その通り」ホークが言った。

一時間半後に、テデスコ・ロックスの近く、スワンプスコットのフィリップス・ポイント区で、マーシュポートのほとんど隣家とも言える場所に行き着いた。屋根に胸壁があって一方の端に丸い塔のある自然石造りのずんぐりした屋根の平らな小さい城に向かってくねくねと上っている長い車道の麓を少し通り過ぎたあたりだ。銀色のボルボはその車道を上って、頂上の大きな円形広場に入った。

「優雅だな」ホークが言った。

「たぶん、屋上に沸騰した油が用意してあるのだろう」

「少なくとも吊り上げ橋はない」

私たちは坐ってその家を眺めていた。崖のような場所にそびえている。裏の下方は大洋だ、両側の隣家との間に空き地がある。

「なにか計画はあるのか？」私が言った。

「ない」

「プロと一緒に仕事をするのは心強い。かりにおれたちが入り込んだとして、脱出計画はあるのか？」

「いつもと同じだ」ホークが言った。

「一目散に逃げるのか？」

「それだ」

私たちは、車の窓を下ろしてまたしばらく坐っていた。暖かく、湿っぽく、どんよりと曇った日だった。日が暮れる前に雷雨が発生しそうな日だ。車が一台、反対方向に走っていった。一羽のカモメが、沖合に向かう途中、私たちの上で旋回した。

「こういう計画だ」ホークが言った。

「ありがたい」

「おれたちは車道を歩いていって、表のドアベルを鳴らす」

「なるほど」

「そういうことだ」ホークが言った。

私はなにも言わなかった。ホークも黙っていた。上方でカモメがまた大きく旋回した。

「とにかく」そのうちに私が言った、「覚えやすい計画だ」

私たちは車から降りた。ホークがトランクを開けて、濃紺の防弾チョッキを二つ取り出した。私に一つよこした。私はそれを着て、ヴェルクロ・ストラップを調整した。ホークが彼のチョッキを着た。

「おれたちがこれを着たことをヴィニィに言わないでくれ」私が言った。「彼はおれたちを意気地なしだと思う」

「なにも彼に知らせる必要はない」

私たちは車道を上り始めた。ホークはいつもの大きな・四四口径を持って、右足の後ろに隠していた。私はブローニングの九ミリ口径を持って来ていた。

「拳銃を隠しておけ」ホークが言った。「入ったら、おれがウクライナ人の相手をする。お前はブーツを捕まえてくれ。殺すんじゃないぞ」

「彼をくすぐるのはかまわないか？」

「彼が死なない限り」

私はブローニングをホルスターに差した。

長い車道だった。私たちが上って行く間、カモメがのんびりと大きな円を描いている以外、何事も起きなかった。犬が吠えることもなかった。誰も、「おい、お前」とどならなかった。重苦しい静寂とカモメだけだ。灰色の混じった白いカモメだ。実際は、カモメにはいろんな種類がある。こいつはセグロカモメかもしれない。こいつがなんだか、大勢にあまり影響はないかもしれない。

正面のドアに行き着くと、ホークが左手で覗き窓を覆い、ベルを鳴らした。

動きがあって、静かになり、声が言った、「なんだ？」

ホークが、ウクライナ語とも思われる言葉でなにか言った。ちょっと間をおいてチェインを掛けたままドアが開いた。開いたとたんにホークと私が同時に体をぶつけると、チェインが抜けた。ドアが弾けるように開いて、開けた男が後ろへよろめき、よろめきながら拳銃を持ち上げた。ホークが彼の顔を、左目の下を一発撃った。

「リアクサンドロ」リストの名前をチェックするような口調でホークが言った。

私たちは、そこら中に頑丈な家具のある天井の高い玄関の間にいた。右手のアーチから男が二人現れた。一人はブーツで、小さな拳銃を持っていた。もう一人はウージー短機関銃を持っていた。私はブーツに跳びかかった。ホークが発砲するのが聞こえた。私がブーツにぶつかると、彼が倒れた。相手の拳銃をつかんで横にひねったとたんに彼が引き金を引いた。彼が撃ち続けた。私はひねり続けた。弾がいくつかの頑丈な家具に当たって破片が飛んだ。彼が銃を私に向けようともがいていたが、うまくいかなかった。間もなく銃の弾がなくなった。彼は銃を放して私を殴ろうとした。私は、左手で彼の髪をつかんで横に転がり、彼と一緒に体をひねった。彼は両方の拳で私に殴りかかったが、私がぴったりくっついているのでパンチに力が入らなかった。いずれにしてもさして力のあるパンチではなかった。彼の顎の下に前腕を入れて喉に押し付けた。彼が私を噛もうとした。私は腕に力をいれた。彼は呼吸するのに苦労していた。

「判った」彼が呻いた。「判った」

私は腕を彼の首からはずし、髪をつかんだまま二人で立ち上がった。ホークはウージーを持った男を見下ろしていた。

「ヴァンコ」彼が言った。

彼の言葉が聞き取りにくかった。部屋はいまだに銃声に満ちている感じだった。私は耳が鳴っていた。ホークが・四四口径をしまって私とブーツを見ていた。

「どういうつもりだ?」ブーツが言った。

「黙れ」ホークが言った。

彼が私を見た。

「連れて来い」と言い、向き直ると、二人の死人の横を通って表のドアから出て行き、丘の麓に駐めてある車の方へ歩いて行った。

52

私たちは私のオフィスにいた。路地に違法駐車して裏から上がり、誰にも出会わなかった。私は机を前にして坐っていたが、こうするといつも自尊心が高まるのだ。ブーツは依頼人の椅子に坐っていた。ホークはブーツとオフィスのドアの間に立っていた。ブーツはうつろな目をして無言でおり、私の後ろの窓から外を見ているが、魂の永遠性に思いを巡らせているのかもしれない。

「あのドアの前での訳の判らない文句はなんだったのだ？」私がホークに言った。

「ウクライナ語だ。おれは、『急げ、緊急事態だ』と言ったんだ」

「お前、ウクライナ語を話すのか？」

「必要な場合に備えて、あの文句を暗記してたんだ」

「ルーサー射殺に関与した五人のウクライナ人の名前を暗記したように」

「名前と顔だ」

「お前を怒らせないよう、時折注意してくれ」私が言った。

「手遅れだ」

ブーツは相変わらずうつろな目で前方を見つめていた。前より体が小さく、ぐったりしているように見える。引っこ抜かれた雑草のように。

彼の後ろに立ったまま、ホークが言った、「お前は逃げようとしなかった。だから、生き延びることを期待しているのだと思う」

ブーツは前方を見つめていた。

「生き延びることを願っているのか？」ホークが言った。

ブーツは答えなかった。ホークが彼の頭の後ろを殴った。

「願ってるのか？」ホークが言った。

ブーツは肩をすぼめた。

「一人でいると、タフに振る舞うのは困難だ」ホークが言った。「手下が何人かそばにいれば、もっと容易だな」

ブーツがまた肩をすぼめた。

「生き延びるチャンスはある」ホークが言った。「おれの言う通りにすれば」

ブーツはしばし身動きもしないでいたが、そのうちに頷いた。

「お前はおれに一千万ドルよこす」ホークが言った。ブーツはしばらく黙っていたが、やがて口を開いた時、長いあいだ口をきいたことがないような声だった。

「わしはそれだけの金はない」彼が言った。

ホークが拳銃を抜いて、銃口をブーツの右のこめかみにぐっと押し付けた。撃鉄を起こした。撃鉄が起きる音が静かな部屋の中で荒々しく響いた。

「もちろん、持ってる」ホークが言った。

「持っていない。わしが言うのは、資産はそれくらいあるかもしれないが、それだけの現金は持っていない、という意味だ」

「現金をどれくらい持ってるのだ？」

「五百万くらいかな？」

ホークが私を見た。

「投資先を物色すれば、現在は三パーセントの利息を確保することができる、とマーティ・シーゲルが言ってたな」

「年に十五万」ホークが言った。「リタが物色してくれると思うか？」

「誰かがやってくれる」

「十五万で十分だと思うか」

「たぶん、ルーサーの収入よりは多いだろう」私が言った。

ホークが頷いた。

「インフレはどうなんだ？」ホークが言った。「あの子はまだ赤ん坊だ」

「賢明に投資すれば、インフレと共に増えてゆく」

「それに、リタが賢明に投資してくれる」ホークが言った。

彼が微笑し、私と声を合わせて言った、「誰かがやってくれる」

その会話の間、ブーツは感情を示さず、身動きもしないで坐っていた。

「オーケイ」ホークがブーツに言った。「それでは、五百万だ。もっと持ってることをおれが知ったら、お前は死ぬ」

ブーツが頷いた。彼がつばを呑み込むとき、喉仏が上下に動いた。彼に生気が感じられたのはそれが初めてだった。

「お前は、おれが知らせる口座に電信送金する。送金が行われて金が口座に入ったら、お前はハゲタカ同様に自由の身になる」

「わしはそのやり方を知らない」ブーツが言った。「そういうことはわしの会計士がやるのだ」

「お前の会計士はどこにいる？」ホークが言った。

「ステイト通りだ」

「この街の？」

「そうだ」

「それなら、たぶん彼はまだ生きているだろう」

ブーツの頭から拳銃を離すことなく、ホークが前にかがんで私の机からコードレス・フォンを取り、ブーツに渡した。

「彼になんと言うのか、わしには判らない」ブーツが言った。

「リタがくれた紙を彼にやれ」ホークが言った。

私が渡した。

「銀行番号、口座番号、その他すべてだ」私が言った。

ブーツは、撃鉄を起こした拳銃をこめかみに押し付けられていて、頭を動かすのを怖がった。見えるよう、書類を持ち上げた。大きく息を吸い、番号をダイアルした。

53

「ニュースがその話で一杯よ」スーザンが言った。「マーシュポートの町全体が爆発した。警察がはるかウースターから来た。知事が州兵に待機指令を出した。なにか、十人くらい死人が出た、でもその数は絶えず上下してる。市庁舎で火災。市長が行方不明。市は、マキーンとかいう市長代理が運営してる」

「コディアック・キッド」私が言った。

「誰？」

私は首を振った。

「この件について、あなたはなにか知っているんでしょうね」スーザンが言った。

「知っている」

「細かいことは訊かないけど、知らなければならないことがあるの」

「きみが知りたいことはなんでも話すよ」

「何人死んだの？」

「事の起こりから？」

「そう。彼らがホークを撃った時から」

「ルーサーと彼の家族を入れて、一家を撃った連中、それにマーシュポートの人数を加えると、二十人くらいだ」

「あなたの責任に属するのは何人？」

「考え方による」私が言った。「おれはホークがこれの段取りをするのを手伝った」

「彼を手伝ったのか、それとも、彼がやっている間、彼の背後を護っていた？」

私は肩をすぼめた。

「主に後の方だ」

「あなたが実際に撃ったのは何人？」スーザンが言った。

「一人もいない」

「よかった」

夕方だった。私たちは、パールと一緒に、彼女の家の表の階段に坐って、リニーアン通りの人通りを眺めており、パールは、なにか動きがあれば吠える体勢を取っているが、動きはなかった。

「責任というのは複雑なものだ」私が言った。

「あなたが人を撃っていなければ」スーザンが言った。「撃っていれば事は単純だわ」

「だから、時には、複雑であるほうがいい場合がある」

「そう思う。あなたはどういう気持ち？」

「事全体について、落ち着かない気持ちでいる」私が言った。

「しかし？」

「おれはそのことについて、最善を尽くした」

「そうね」スーザンが言った、「たしかに」

リスが一匹、不安を感じている様子もなく、高い枝から低い枝に跳び移った。パールの大きな耳がぴんと前向きに立ち、両肩がこわばった。リスは木から垣根に跳び、てっぺんを走った。パールは見えなくなるまでリスを見守り、見えなくなった後も期待を込めてじっと見ていた。

「ブーツはどうなったの？」スーザンが言った。

「彼はリタの会社にある口座に五百万電信送金した。その金はルーサー・ギレスピイの生き残った子供のために投資される」

「リタは投資の知識があるの？」

「おれの推測では、自分の小切手帳の帳尻を合わせることができない。信託専門の弁護士に管理させて、自分は後見人になるはずだ」

「それで、あの子はいくらもらえるの？」

「一年に十万ドル以上だ」

スーザンが頷いた。私たちは、長い半白の髪の女性二人、一人はその髪を編んで、ぶらぶらとマサチューセッツ街のほうへ歩いて行くのを見ていた。

「ケンブリッジは世界の半白の長い髪の中心なのか？」私が言った。

「そうよ。彼は今どこにいるの？」

「ブーツか？」

スーザンが頷いた。

「約束事の一部だ」私が言った。「ブーツが五百万出し、ホークが彼を自由の身にする」

「たんに歩み去るだけ？」

「そうだ」

「だから、彼は生きて自由の身でいる？」

「当面は」

「当面は？」

「ブーツはこの件をこのままにしておくことはできない。そのうちにホークの命を狙い、ホークが彼を殺す」

「ずいぶん確信があるのね」スーザンが言った。

「ある」

「ホークはどうして彼を自由の身にしたの？」

「約束の一部だ」

「しかし、彼はなぜ、ポドラックのような男との約束を守る必要があるの？」

「ポドラックに関する事柄ではないのだ」

「そうね」スーザンが言った。「もちろん、そうじゃないわ」

「ホークは、そうする、と言ったから彼を自由の身にしたのだ」

「そう。判るわ。私はただ、時々あるように、忘れたにすぎないの」

「きみはたいして忘れないな」

「そのことはべつとして、事件は終わったの？」彼女が言った。

「完全に終わったわけではない」

54

マーシュポートは平和になった。いまだにいくつかの交差点に州警察の車が停まっているし、ボストンでは、州議会が、マーシュポートで一体なにがあったのか、誰かが調べることを思い付くのを許可するかどうか、検討する委員会を設置することを相談している。設置するかもしれない。しかし、今のところは、私設馬券売り場は商売をしている。数当て賭博の掛け金を集める連中は大忙しだ。麻薬売買人はいつも通りに多忙だ。盗まれた煙草のカートンがトラックの荷台から盛んに売れているし、たぶん、どこかで、誰かが無謀な賭けで損をしている。

ホークと私は、のんびりと市庁舎に入って行き、ブーツの元のオフィスでトニイ・マーカスとブロック・リンボウと同席するために、正面の優雅な階段を上って行った。タイ・ボップとジュニアがドアの両側でなにも言わずに立っていた。入って行く時、私は二人にほほえんだ。二人とも気付いていないようだった。オフィスの大きなパラディオ式の窓の一つがベニヤ板でふさいであった。広いオフィスの奥の角にポリエチレンのラップが掛かっていた。半円筒形をした天井に焦げ跡がいくつも付いている。かつてのブーツの机に灰色の男《グレイ・マン》が坐っていた。トニイと義理の息子がその机の前に坐っていた。

「市長さん」私が行儀よく言った。

灰色の男《グレイ・マン》が軽く頷いた。

「万事順調なのか？」トニイが言った。

「現時点では」灰色の男《グレイ・マン》が言った。

ホークが私を見て、声を出さずに〝現時点〟と繰り返した。

「なんであれ」トニイが言った。「今はおれたちの市なのか？」

灰色の男《グレイ・マン》が頷いた。

「あんたが街を運営するのか？」トニイが言った。

灰色の男《グレイ・マン》は顔の前で指先をテントのように合わせ、顎を軽く叩いていた。

「市長が戻って来るまで……」

トニイが鼻を鳴らした。

「あるいは、正式の手続きに従って選挙民が新しい市長を選ぶまで」

「あるいは、市が管財人の管理下に入るまで」私が言った。

「しかし、今のところは」灰色の男《グレイ・マン》が言い、かすかに笑みを浮かべた、「私が市庁舎の長だ」

「だから、計画について話し合おう」トニイが言った。

トニイの横に坐っているリンボウが膝を細かく揺すっていた。

「お前は市庁舎に入ることはなかったんだ」リンボウが言った、「おれたちの助けがなかったら」

トニイが無言でしばらくリンボウを見ていた。

私は、いつでも人気のあるボガートの真似をした。

「世のすべての娘婿、この世のすべての……」

「それはどういう意味だ？」リンボウが言った。

「お前は黙ってる必要がある、という意味だ」トニイが言った。

彼が灰色の男《グレイ・マン》に目を戻した。

「おれはブロックに町中の商売をすべて管理させたい」

またしても灰色の男《グレイ・マン》がかすかな笑みをちらっと浮かべた。現在の出来事に興を覚えているのだ。しかし、それも大いに面白がっているわけではない。彼が頷いた。

「監督者に会ったのか？」ホークが言った。

灰色の男《グレイ・マン》が電話を取って、二言、三言、なにか言った。

間もなく、ポリエチレンのラップの左のドアが開いて、チャコール・グレイのピン・ストライプの高級なスーツを着た長身のハンサムな男が入って来た。白髪混じりの感じよく短く刈り込んだ顎ひげを生やし、長めの髪が耳にかぶさるように梳いてある。

「こちらはミスタ・ジョンソンだ」灰色の男《グレイ・マン》が言った。

「昔ながらの立派なアフガニスタンの名前だ」私が言った。

ミスタ・ジョンソンが微笑して、市長の机の右にあるソファへ歩いて行き、腰を下ろした。脚を組んだ。銀のバックルの付いた黒の短ブーツをはいている。

「用を足すに足りる名前だ」彼が言った。

訛のかけらもなかった。テレビのアナウンサーのような、地方訛のない正確な英語を話した。彼が灰色の男《グレイ・マン》をちらっと見た。

「マキーン市長の名前と同じように」彼が言った。

「ミスタ・ジョンソンは」灰色の男《グレイ・マン》が言った、「アフガニスタンの我がパートナーの代理人だ」

「私の任務は明確だ」ミスタ・ジョンソンが言った。「あえて言えば、生産品の流れを高めることだ」

「最近はどのような流れ方をしているのだ」トニイが言った。

「ここしばらくは争いの多い時期だった」ミスタ・ジョンソンが言った。「しかし、生産品は流れている」

「そして、流れ続けているのか？」トニイが言った。

「これまでのところは」ジョンソンが言った。

「あんたのお陰で？」トニイが言った。

「我々みんなが一役買っている」ジョンソンが謙遜した。「私は自分が注意を引かないよう、できるだけ表立たないようにしている。そのことはあなたも十分理解しているはずだ。私は、大勢の人々に自分が知られるのはありがたくないのだ」

彼が部屋を見回した。

「しかし、市長があくまで主張した」彼が言った。「それに、現在の事態の性質を考え……」

マニキュアを施した爪を光らせながら、左手で軽く優雅な身振りをすると、膝に戻した手は元のように微動もしないでのっていた。平静だ。いろいろなものの動きを止めた密度の高い平静さがある。例えば、ホークのように。それ以外に、たんにほかのものが存在しないにすぎない平静さがある。灰色の男《グレイ・マン》のように。私には、ジョンソンは灰色の男《グレイ・マン》に近いように思えた。

「現在の状況はおれだ」トニイが言った。「おれの娘婿が、おれに代わってすべてを取り仕切る」

無言のまま、ジョンソンの黒い目がしばしブロックを見つめていた。

「ほんとに？」そのうちにジョンソンが言った。

「ほんとに、ほんとにだ、相棒」ブロックが言った。「こいつが現金を生む牝牛になるんだ」

ジョンソンがゆっくりと頷いた。

「それは結構だ」彼が言った。「結構」

「だから、生産品について、おれは誰に会えばいいんだ？」

「あんたは私に会う」ジョンソンが言った。「私は段取りをほんの少々手直ししなければならない」彼が微笑した。「言ってみれば、錠前を変えるのだ。それが終わったら、私のほうからあんたに連絡する」

ジョンソンが話している間、トニイの目がせわしなく動いて、リンボウからジョンソンへ、灰色の男《グレイ・マン》へ、私へ、ホークへ、と回り、リンボウに戻った。トニイは非常に冷静なので、顔に表情はまったく見られないが、落ち着かない気持ちでいるのだ、と私は推測した。

「それで、おれたちは取引を始める」リンボウが言った。

「まさにその通り」ジョンソンが言った。

リンボウが立ち上がって手を差し出し、ジョンソンが受けた。トニイがホークを見た。ホークは見返さなかった。リンボウはしばらくジョンソンの手を上下に振ると、上機嫌な顔つきで腰を下ろした。

「元のオフィスに戻るつもりなのか？」ジョンソンが言った、「ノーガス通りのオフィスに？」

「もちろんだ、お前さんのアフガン産のおけつを賭けていい」リンボウが言った。

「たこができているにちがいない」ジョンソンが言った、「ラクダを乗り回しているお陰で」

「お前さんたち、ほんとに向こうではラクダに乗ってるのか?」リンボウが言った。

トニイが高い天井を見上げた。

「向こうに連絡してくれるのか?」トニイがジョンソンに言った。

「する」

「おれの名前を言ってくれ」リンボウが言った。

「もちろん」ジョンソンが言った。

彼は立って、なにか考えながらホークと私を見ていた。

「諸君はあまり喋らないな」彼が言った。

「そうだ」ホークが言った。「喋らない」

「しかし、えー、市長は」――灰色の男《グレイ・マン》のほうへ首を倒した――「二人ともいい仕事をする、と言っている」

「そうだ」ホークが言った。「その通り」

「それでは」ジョンソンが言った。「新たな協力関係に幸いあれ」

「同感だ」リンボウが言った。

ジョンソンは頷いて微笑し、入って来たドアから出て行った。

55

私たち二人だけ、灰色の男《グレイ・マン》と市長のオフィスにいた。ジョンソンが出て行く時、トニイは一言も発しなかった。彼はただリンボウに向かってぐいっと首を傾け、二人が出て行った。私たち三人は彼らが行くのを見ていた。

「ブロックは事の成り行きに、トニイよりはるかに歓喜しているようだな」二人がいなくなると、私が言った。

「これがほんとに実現すれば、ブロック小僧が実際に差配することになる」ホークが言った。「彼はできないのを、トニイは知っている」

「だが実現しない」私が言った、「きっと」

「私の推測では、ミスタ・ジョンソンは、リンボウの能力の限界を理解したようだ」灰色の男《グレイ・マン》が言った。

「彼を二度と見ることはないな」ホークが言った。

「あるいは、あんたを」私が灰色の男《グレイ・マン》に言った。

「誰かが、きみたちを殺すために私を雇わない限り」彼が言った。

「どっちを」ホークが言った。

「どちらでも」

「雇われないことを願ってるよ」ホークが言った。

「私も同様だ」灰色の男《グレイ・マン》が言った。

「なんということだ」私が言った、「おれは泣き出すかもしれない」

灰色の男《グレイ・マン》が独特の笑みを浮かべた。

「私は感情などないし」彼が言った、「万一雇われたら、できるだけ速やかにきみたちを殺す。しかし、私はある種の特質を尊敬するし、きみたち二人はそれを少なからず有している」

「へえ」私が言った。

ホークが言った、「ジョンソンを見つけた時、あんたは彼を殺すことになっていたんじゃないのか?」

「アイヴズは暗にそう言っていた」灰色の男《グレイ・マン》が言った。

「彼があんたをおれたちと組ませたのは、そのためではなかったのか?」

「私は実際にウクライナ語が話せる」

「しかし、あんたは、アフガニスタンとの仲介者を見つけるためにおれたちを利用し、見つけたら彼を殺すことになっていた」

「そうだ」

「だから」ホークが言った。「そのつもりなのか？」

灰色の男《グレイ・マン》は首を振った。

「私が彼を見つけ次第そうしていたら、ほかのあらゆる事が台無しになっていたはずだ」彼が言った。「そして、今度は」——灰色の男《グレイ・マン》が肩をすぼめた——「彼はまたいなくなった」

「しかも、あんたは、それを喜んでいる」私が言った。「今後の成り行きに」

「たしかに」

「ホークはルーサーを殺した連中を全員殺すことになる」私が言った。

「ポドラックを除いて」灰色の男《グレイ・マン》が言った。

「その方はいずれ機会がある」私が言った。「市は、えー、犯罪的要素が一掃されることになり、トニイの倅が支配する」

「ただし、乗っ取るものはなにもない」ホークが言った。「アフガン人はどこかに移っており、連中がそのことについてあんたに訊きに来ると、あんたもどこかに移ったのを知る」

灰色の男《グレイ・マン》が言った、「きみはミンストレル・ショウのような物の言い方をするな」

ホークが声を一段下げた。「わしはいろいろな口調で喋るのだよ、我が灰色の友人」

「明らかに」灰色の男《グレイ・マン》が言った。

「だから、ブロック・リンボウは、たぶん州が運営することになる町で、商品がなく、供給者のいない商売を支配することになる」

灰色の男《グレイ・マン》が微笑した。

「しかも、あんたはそれが気に入っている」ホークが言った。「あの下らない小僧がこのオフィスにやって来て、あんたがいない時のことを考えるのを楽しんでいる」

「それに、ミスタ・ジョンソンを見つけようとしても、彼はここにいない」灰色の男《グレイ・マン》が言った。

彼は机に両手をついて優雅に体を押し上げ、立った。

「だから、あんたはジョンソンを撃たなかったのだ」私が言った。

「その通り」灰色の男《グレイ・マン》が言った。「かりに私が撃ったとしても、間もなくべつのジョンソンが現れる」

私は頷いた。

「それで、アイヴズは？」私が言った。

灰色の男《グレイ・マン》が微笑した。

「アイヴズは失望させられることを予期している。彼の仕事の性格だ」

彼は損傷を受けたオフィスを見回した。

「それに、ここでの私たちの仕事は無駄ではなかった」彼が言った。

「そうだ」私が言った。「たしかに」

灰色の男《グレイ・マン》は、またオフィスを見回すと、ホークと私を見た。

「道の彼方のどこかに」彼が言い、部屋を横切って、ジョンソンが通って行ったのと同じドアから出て行った。

56

私はロックスベリの、マルコムX公園の縁を通る名前を知らない通りで自分の車に坐っていた。通りの向こうで、ホークが遊園地のベンチの前に立ち、祖母と判る長身の黒人女性の膝に坐っているとても小さな黒人少年を見下ろしていた。その少年はルーサー・ギレスピイの一家で唯一の生存者だ。祖母は四十五歳くらい、力強い顔つきで、髪を慎重にコーンロウズに編み、ジーンズに、アイロンをかけたばかりの男物の白いドレス・シャツの袖を半ばまくり上げ、裾を外にたらしていた。少年は彼女に体を押し付け、身動きもせずにホークを見上げている。片手で祖母のシャツをつかんでいた。

ホークがなにか言った。女が頷いた。ホークが上衣のポケットから封筒を取り出して女に渡した。彼女はすぐには受け取らなかった。その前に、封筒を持っている手を両手で握り、興奮した口調でホークになにか言う間、一分ほどつかんでいた。ホークが頷いた。彼女はようやく封筒を受け取り、ベンチの自分の脇に置いてあるバッグに入れた。ホークは相変わらず少年を見下ろしていた。少年が無言で見返していた。ホークがなにか言った。

少年は答えなかった。ホークが、少年と目の高さが同じになるよう踵に尻をのせてしゃがんだ。少年は祖母の胸に顔を押し付けた。祖母が少年の頭を撫でていた。ホークは一人で頷きながら立ち上がった。誰もなにも言わなかった。しばらくの間、誰も体を動かすことすらしなかった。やがて、ホークがまた頷き、向き直って通りを渡り、車に乗り込んだ。

「終わったのか？」私が言った。

ホークが頷いた。

私は車のギヤを入れて、ダウンタウンに向かった。

「ブーツの金の第一回分の支払いだな？」私が言った。

「あの子の金だ」

「祖父はいるのか？」

私たちはワシントン通りに入った。両側に黒人居住区が広がっているが、優雅ではなく、荒れてもいない。たんに郊外の低層住宅地で、見た目には市のほかの住宅地と変わらないが、全員が黒人だ。私以外は。

「いない」ホークが言った。「彼女は姉妹と暮らしている」

「彼女は働いているのか？」

「そうだ」

「姉妹があの子の世話をするのか？」

「そうだ。ちびの大おばたちだ。一人は二十一歳だ」

「おばたちは大丈夫なのか？」

「大丈夫だと思う。そうでなかったら、おれが対処する」

私は頷いた。

「彼女たちは大丈夫だ。あの話し合いはなんだったのだ？」

「おれは、彼女がいくら受け取るか、いつ届くか、届かなかったら誰に電話するか、彼女に説明していたんだ」

「お前だ」

「そうだ」ホークが言った。「あるいはお前だ」

「おれか。なにかおれが知っておくべきことは？」

「あの子の名前はリチャード・ルーサー・ギレスピイだ。おれは彼に、実際は祖母に、彼は父親がいない、祖父はいない。しかし、彼にはおれがいる、と話したんだ」

「驚いたな」

「判ってる。おれ自身、少々驚いてる。そして、おれは二人に言った、おれになにか起きた場合、彼にはお前がいる、と」

「彼は重くないんだろう……」

「判ってる、判ってる」ホークが言った。

彼が小さな索引カードをよこした。

「祖母の名前はメリンダ・ローズだ。全部そこに載ってる。住所、電話番号。お前のも」

私は頷いた。

「おれを〝おじいちゃん〟と呼ぶのは困るな」

「たぶん、呼ばないだろう」ホークが言った。

57

どんより曇った肌寒い火曜日の七時半だった。私たちは〈エクセルシオール〉で、両側に窓のあるテイブルに着いていた。ほかの客から離れた奥にいた。セシルが真ん中に、スーザンがその片側に、反対側に私がいた。ホークはセシルの向かい側にいた。

「これは、さよなら、を言うための集まりなのね」セシルが言った。

ホークはシャンパン・グラスの泡が立ち上るのを見ていた。

「私、クリーヴランド・クリニックの職に就くことにしたの」セシルが言った。

メニューに紳士用のステーキ、御婦人用のステーキが載っている。御婦人用ステーキのほうが響きがいいように思えた。

「断ることのできない申し出だったの？」スーザンが言った。

「一応」セシルが言った。

彼女がちらっとホークを見た。

「それに、私……状況に変化が必要だったのだ、と思う」セシルが言った。

私は、スーザンが懸命に戦っているのが判っていたし、彼女が負けるはずであるのが判っていた。彼女自身、どうにもならないのだ。力になろう、と努めずにはいられない。

「ホーク？」スーザンが言った。

「なんだ？」ホークが言った。

「あなたはクリーヴランドに移るつもりはないのでしょうね」スーザンが言った。

ホークの顔に自嘲的な表情がちらっと浮かんだ。

「おれの仕事の場所はここなんだ、スーザン」彼が言った。

セシルはメニューを見ていた。彼女は紳士用と御婦人用のステーキをどう思うだろう、と考えた。

「殺す相手が大勢いる」セシルが顔を上げないで言った。「時間がいくらもない」

ホークが私を見た。

「名誉に関するあの文句はどうだったかな？」ホークが言った。「詩の文句は？」

「リチャード・ラヴレイスか？」私が言った。「わたしが名誉をもっと愛していなければ、きみを今の半分も愛することはできなかった、か？」

ホークが頷いた。

「勘弁してよ」セシルが言った。

ホークがなにか考えながら頷いた。

「セシル」彼が言った。「お前にクリーヴランドから条件のいい申し出があったが、お前が行くのは、おれがお前の望む人間になれないことに腹を立てているからなのは、お前は知ってるし、おれは知ってるし、彼らは知ってる」

「いい加減にしてよ、私は怒ってなんかいないわ」セシルが言った。「私はあなたを愛してるし、あなたが私のものにならないのが、我慢ならないのよ」

「夕食の席には不向きな話だな」ホークが言った。「しかし、すでにテイブルの上に出されたことだ。お前がかりにおれを愛しているのなら、おれを自分のものにできる。誰かほかの男を愛していて、おれが彼のようになることを主張するようなものだ」

「なんということを」セシルが言った。

彼女がスーザンを見た。

「あなたは判るわね」

スーザンが頷いた。私は、彼女がその頷きだけに終わることを願っていた。しかし、彼女はそうはできなかった。

「私には判る」スーザンが言った。「しかし、だからと言って賛成かどうか、確信がないわ」

「私はクリーヴランドに行くべきだ、とは思わないのね？」セシルが言った。彼女は二杯目のマーティニを飲み終えようとしていた。

「いかにも精神科医的な言い方で申し訳ないけど」スーザンが言った、「あなたは、自分にとってもっとも利益になることをやるべきだ、と思う。あなたの人柄や、なにを必要としているか、を考えると、ホークとの間柄に終止符を打つのが、あなたにとってもっとも利益になることである可能性は非常に大きい」

「しかし？」セシルが言った。

「しかし、彼でなく、自分に原因があることを理解するのが重要ではないか、と思う」

「それでどんな違いがあるの？　彼は変わらないわ」

「たぶん、変える気はないし、あなたもない。しかし、彼のせいにすると、あなたは一生被害者意識を抱くことになる」

セシルがウエイターの目をとらえて三杯目のマーティニを注文した。彼が取りに行っている間、彼女は黙っていた。ほかの者もなにも言わなかった。(にぎやかなパーティ！)

「その点にはまったく気付かなかったわ」三杯目のマーティニに口を付けると、ようやく彼女が言った。「彼は私が望む人間になれないし、私はそれを望まずにはいられない」

スーザンが頷いた。

「かりに私が変わることができるとして」セシルがホークに言った、「あなたはどんな人間を望むの？」

ホークが首を振った。

「望むことはなにもない」彼が言った。「おれは、おれが自分とは違う人間になるのをお前が望むのは気にしない。お前は変わらない。おれは変わらない。結構だ、おれたちがその点について争わない限り」

セシルは彼を見つめていたが、そのうちに、スーザンに目を戻した。私のほうへ首を倒した。

「あなたは彼を変える？」

「もちろん」スーザンが言った。「それが都合がよければ。それに、彼が私を変えることは間違いないと思う」

彼女が私を見て微笑した。

「事実、今現在、私はここで口出しすべきでない、と考えているのは間違いないわ」

「いい線だ」私が言った。

「しかし、あなた方はお互いに相手を変えない」セシルが言った。「それに、あなた方は相手が好まないことをする。それでいて、ここにこうしている」

「それが、たぶん、人々がそれを愛と呼ぶ理由なのね」スーザンが言った。

セシルはなにも言わなかった。私たちみんなも黙り込んだ。彼女はマーティニ・グラスを持ち上げて一口飲み、しばらく私たちを見回すとグラスを置いた。今にも泣きそうな顔をしていた。

「ごめんなさい」彼女が言った。「失礼な真似をするつもりはないの。でも、私、行かなければならない」

誰もなにも言わなかった。セシルが立ち上がって通りがかりに私の肩をぽんぽんと叩き、ホークのそばを通る時、手を這わせるように彼の肩を撫でると、間もなく角を回って階段を下りて行った。ホークは彼女の後ろ姿を見ていなかった。大きく息を吸い込み、ゆっくり吐きだした。

「まだお楽しみの時間にならないのか？」彼が言った。

58

私はハーバー・ヘルス・クラブでスピード・バッグを打っており、ホークはボディ・バッグを打っていた。四、五分ごとに私たちは交代した。ヴィニイ・モリスが入って来た時、二人とも汗にまみれ、大きく息をしていた。私たちが休憩するまで、彼は腕を組んで私たちを見ていた。

「ジノ・フィッシュと話してたんだ」ヴィニイが言った。「以前、おれが彼の下で働いていたことは知ってるだろう」

「知ってる」私が言った。

「お前は覚えているだろう、ホーク？　おれがジノの下にいたことを？」

「ああ」

「ブロズの仕事をしてたこともあるが、その時は馬が合わなかった。ジノとは仲良くやれたんだ」

ホークはタオルで顔の汗をぬぐっていた。

「それはよかったな、ヴィニイ」ホークが言った。「仲良くやれてよかったよ」

「とにかく、おれが今言ってるのは、もはや彼の仕事はしていないが、お互いに連絡を取り合ってる、ということだ。判るだろう？　おれは時には彼のためにちょっとした仕事をしてるんだ」

私はベンチに坐ってタオルを肩に掛けた。

「どんな些細なことでも役に立つ」

「そうだ」ヴィニイが言った、「その通りだ。だから、彼に会うと、たまになにか話してくれるんだ」

「例えば？」私が言った。

「例えば、ブーツがあちこちで、このようにしてホークを殺す、とほらを吹いている、と彼が教えてくれた」

ホークが顔を上げた。

「お前は一対一で自分と相対するだけの度胸がない、とブーツが言ってる」

「一対一で？」ホークが言った。「驚いたな」

「判ってる」ヴィニイが言った。「おれはブーツが言ったことを繰り返してるにすぎない。彼は、お前を殺す、と言っている。それに、彼はかなりたちの悪い野郎だ」

ホークが頷いた。

「お前、なにか考えがあるのか？」ホークが言った。

「場合によってはそばにいてもいいな、と考えてる」ヴィニイが言った。

ホークが頷いた。

「これで、おれは二人いることになる」彼が言った。「マーシュポートが閉鎖されて以来、スペンサーがそばにいる」

「みなが一人のために」私が言った。「一人がみなのために」

「ウイ」ホークが言った。「ことによると、ブーツがどこにいるか、ジノは知ってると思うか？」

「なぜ、我々《ウィ》、と言ったんだ？」ヴィニイが言った。

「フランス風ユーモアだ」ホークが言った。「おれたちはジノと話をすべきだと思うか？」

「ブーツはジノに言った――実際は彼がジノに言ったのではなくて、ブーツが誰かに話し、それがジノの耳に入ったんだ。ブーツは、お前にそれだけの度胸があるなら、いつでも、朝早く、誰もいない午前五時マーシュポート・モールで会ってやる、と言っている」

「1A号線の空《から》のモールか？」ホークが言った。

「そうだ。閉鎖されてから八年くらいになる」

「おれは、彼と出会うまで、毎朝あそこへ行くことになるのか？」

ホークが言った。

「彼の携帯電話にかけて伝言を残せ、と言っている。どの日か、彼に告げる。一人で来い」

「介添人は連れて行かないのか？」ホークが言った。

「介添人？」

「決闘のように」私が言った。

もともと知っていたかのように、ヴィニイが頷いた。

「もちろん、介添人のことだ」彼が言った。「ブーツには介添人はいないと思う。たいがいの人間はブーツを嫌ってる」

「それは聞いたよ」ホークが言った。

「おれとスペンサーが付いて行くことにしようと思う」ヴィニイが言った、「お前が行くことにしたら、すべてがちゃんとしていることを確認するんだ、判るだろう？」

ホークが頷いた。ヴィニイの話をろくに聞いていない感じだった。

「その電話番号は判ってるのか？」

「ジノがよこしたよ」ヴィニイが言った。「名刺の裏に書いてくれた」

ホークが手を出した。ヴィニイがシャツのポケットから名刺を取り出した。表に型押し印刷の小文字で〈GINO FISH〉と記してある。裏に小さな手書き文字で電話番号が書いてある。ホークが名刺を受け取ってボクシング室からフロント・デスクへ歩いて行った。デスクの若い女性に微笑して手を伸ばし、電話を取って番号をダイアルした。ヴィニィと私が部屋を出て彼の後ろに行き、聞いていた。彼は、電話が鳴り、音声メールの伝言が送られ、受信トーンが聞こえるまで黙っていた。

「明日」ホークが電話に向かって言った。「五月十五日、土曜日、朝の五時」

彼が電話を切った。

「いやあ」ヴィニィが言った、「お前はぐずぐずしていないな」

ホークが頷いた。

「朝早くだな」私が言った。

ホークがまた頷いた。

「この件をどのようにしたいのだ?」私が言った。

「おれが五時にあそこに行き、彼がいたら、おれが彼を殺す」

「おれたち、もっと手際よくやれるよ」私が言った。「おれたちが朝の二時か三時に向こうへ行って、段取りをする。おれとヴィニィ、場合によってはレナードも。彼が姿を見せたとたんに撃ち殺す」

ホークが首を振った。

「したければ来て見物しろ」ホークが言った。「しかし、それだけだ」

私は三十秒ほど彼を見ていたが、誰もなにも言わないでいる時は長い凝視だ。そのうちに判った。

「彼はお前を殺そうと試みなければならない、そうだな」

ホークが頷いた。

「いったい、なんの話をしてるんだ？」ヴィニイが言った。

「奴はおれに襲いかかる必要があるんだ」ホークが言った。

ヴィニイは理解できないでホークを見ていた。

「ヴィニイ」私が言った。「おれたちがブーツを捕まえた時、ホークが取引をしたのだ。ブーツがルーサー・ギレスピイの子供に五百万やったら、ホークは彼を殺さない」

「それで、ブーツはその金を出したのか？」ヴィニイが言った。

「そうだ」

「だからどうだと言うんだ」ヴィニイが言った。「ブーツがいやらしい野郎であることはみんなが知ってる。彼との約束を守る必要はないよ」

「おれは両方ができる」ホークが言った。「おれは約束を守り、しかも彼を殺すことができる。彼がやるのは、おれを殺そうと試みることだけだ」

「今の話では、要点の決め方がいささか明確すぎるようだな」私が言った。

「ほかに明確に決めることはなにもない」ホークが言った。

59

私は、ヘンリイのオフィスでビールを飲んでいるホークとヴィニイと分かれてマーシュポートへ車を走らせた。初めから終わりまで通勤の車と戦いながら行き着いた時は六時を過ぎていた。マーシュポート・モールは、マーシュポート港に注ぐスクアモス川の河口にある塩分を含んだ沼地の縁のゴミ埋め立て地の上に立っている。その埋め立て地はみんなが期待したほど安定しておらず、埋め立て地がずれるにつれてモールの建物がずれ、ひび割れや漏れ口ができた。ドアが開かない。窓がきちんと開かない。配管が漏れる。結局、モールは閉鎖になり、彼らに土地を売った連中以外は全財産を失った。その土地にまた建設を考える者は一人もいなかった。モールを撤去するために自分の金を使う気のある者は一人もいなかった。という訳で、モールはずれ動くままに放置されて朽ち果て、南からマーシュポートに入る人々の目を引く壮大な目障り的存在になっている。

駐車場の舗装は霜で持ち上がったり、くぼみができて変形している。私はその駐車場を通ってみすぼらしい南の入り口のそばに駐車し、コンソールから懐中電灯を取り出して中の様子を見に行った。大きなガラス戸は開いたまま閉まらない。枯れ葉やゴミがそのドアから吹き込まれて、十ないし十五フィート奥で扇状に広がっている。五月中旬なので外はまだ明るかったが、がらんとしたモールの内部は薄暗かった。私は懐中電灯で左右を照らしながらゆっくり通って行った。天井の一部が崩れ落ちている。ピンク色の断熱材の屑が混じった漆喰のほこりが床の大部分を覆っている。壊れた照明器具や陳列用ウィンドウのガラスで足下がでこぼこし、ざらざらと音を立てる。中央アーケードの両側に並んでいたいろいろな商店で残っているのは、かつての商業の骸骨だけだ。どの店にも価値のある物は一つも残っていない。私が最初の侵入者ではなかった。いろいろなクモの巣やマスカテル・ワインの空き瓶がある。空の店の一つの片隅に、破れたマットレスが二つと汚いキルトがあり、我が無宿者の兄弟が住んでいたことを示している。私がいるところをべつのアーケードが横に通っている。どれも同じような状態だ。暗闇、ゴミ、汚物、無の世界で、誰かを待ち伏せる場所が無数にある。歩いて行くと、大きなネズミが小走りにアーケードを横切って、かつては挑発的な女性用下着を売っていた店の中へ消えて行った。ぶらぶらと歩いて行くうちに、ほかの、リスより大きなネズミを何匹か見た。迷路の探検に一時間ほど費やしたが、判ったのは、ホークが入るのには危険な場所だ、ということだけだった。しかし、どんなことがあろうと彼が入るのは判っていたので、その情報はあまり私たちの役に立たなかった。私は肩をすぼめた。(準備がすべてだ)。懐中電灯の光を追って車に戻り、家に帰った。

土曜日の朝、三時に起きた。ホークは五時にはモールに行くはずだし、目覚めてコーヒーを飲み、銃弾をクラーレ（南米産の植物から採れる毒物）に浸けるのに十分な時間がほしかったのだ。五時十五分前に1A号線から下りて、マーシュポート・モールの荒れた駐車場に入った。まだ太陽は正式には姿を現していないが明るかった。モールの向こう端で銀色のSUVが北の入り口近くに停まっているのが見えた。南の入り口に回って、十二時間前と同じ場所に駐車した。後ろの座席からウインチェスターの・四五口径、レバー・アクション・ライフルを取り、レバーを一往復させて薬室に弾を一発入れ、ゆっくりと撃鉄を下ろした。九ミリ口径ブローニングをベルトに差していたが、どの程度の距離の射撃が必要になるか、判らなかった。横の助手席にライフルを寄せかけて待った。バックミラーでべつの車が駐車場に入って来るのが見えた。ホークのジャガーではなかった。濃紺のカムリで、見覚えがなかった。ブローニングをベルトから抜いて膝の上で持っていた。カムリがゆっくりと私のほうへやって来た。右手にブローニングを持って車から降り、車の屋根越しにカムリを見ていた。ドライヴァーが私を見た。カムリがUターンして運転席を私の反対側に向け、五十フィートほど離れた辺りで停まった。ドライヴァーが下りて車の屋根越しに私を見た。ヴィニイだった。お互いに銃をホルスターに戻し、車の後ろから出た。

「見物に来たのか？」私が言った。

「そうだ」ヴィニイが言った。

彼が車の後ろに行ってトランクを開け、スミス・アンド・ウエッソンの十二番径散弾銃を取り出した。トランクの中で蓋を開けたままの装弾の箱から一つかみ取って、サファリ・ヴェストのポケットに入れた。次に一発を薬室に入れて安全装置を掛けた。

「ブーツはすでに中にいるのか？」彼が言った。

「あれが彼の車だ」私がボルボのほうへ顎をしゃくった。

「ホークは五時に来る」ヴィニイが言った。

「彼は五時と言ったな」

ヴィニイが頷いた。

「ブーツはあの中で準備をする時間が得られる」彼が言った。

「そうだ。細かいことを気にしなければ、あそこは待ち伏せ天国だ」

「知ってるよ」ヴィニイが言った。

「中に入ったのだな」私が言った。

「そうだ。お前は？」

「入った」

「いつ？」

「昨夜」私が言った。「お前たちと別れた後。六時頃」

「おれは十一時くらいにここに来た。あの汚らしい場所はネズミ天国だ」

「そうだな」

ホークのジャガーが入って来て私たちを通り過ぎ、南入り口への中間辺りへ行った。ジャガーが停まり、ホークが降りてモールへ歩いて行った。入る前に立ち止まってヴィニイと私を見た。一度頷くと、モールへ入って行った。

私は腕時計を見た。五時、ほんとうに真面目な男だ。

60

「おれは向こうの入り口のそばに坐っていようと思う」ヴィニイが言った。「おれたち二人ともここにいるからには、両方を監視すればいい」

私は頷いた。

ヴィニイが自分の車に戻り、散弾銃を後ろの座席に置くと、静かに北の入り口に向かい、銀色のボルボから四、五ヤードの辺りに停まった。私は自分の車に戻った。

ダッシュボードのディジタル時計によると、五時四分だった。

今では太陽は世界の向こうの縁の上に出ており、灰色の明るみがかすかに金色に変わっている。マーシュポート・モールに似つかわしくなかった。だいたい、日の出はマーシュポートに似つかわしくない。

五時五分。

カモメが二羽、さして熱意を示すことなく駐車場の上空を旋回している。今では餌がひどく少なく、カモメたちはそのことを知っているようだ。

五時六分。

湿地のすぐ上に薄い霧が浮かんでいる。１Ａ号線の交通はまだのんびりしている。時折、トラックが南のボストン方向に騒々しく通るが、たいがいはまったく静かだ。私は、テックス・リッターがどこかのサウンド・トラックで歌っているべきだ、という気がした。

〝……あの大きな針が動いて、正午に近づくのを見よ〟

五時十分。

私は車からウインチェスターを取って、フェンダーに寄り掛かっていた。１Ａ号線の車の数が少し増えている。どこかで、誰かがなにかをフライ料理にしており、コーヒーを沸かしている。

五時十二分。

カモメの一羽が、食べられると考える物を見つけた。着陸してそれをつかんだ。ほかの二羽がその横に降りて奪おうとした。カモメの鳴き声と羽音がかなりうるさかった。

五時十五分。

〝……あるいは臆病者として、意気地なしの臆病者として、おれの墓穴によこたわれ〟

モールの反対側で、ヴィニイが車から降り、前で散弾銃を抱えて車の片側に寄り掛かっていた。今では太陽が水平線から抜け出て、灰色の大洋のすぐ上に明るく浮かんでいる。

五時二十二分。

カモメの一羽が食べ物の屑をほかの二羽からうまく奪い取り、飛び去った。後の二羽は元の位置に戻った。その食べ物の屑の出所にもっとあるかもしれない。二羽は低く、ゆっくりと旋回しながら、小さな目をぎらつかせて、冷静に下方のゴミだらけの地面を見ていた。

五時二十七分に、ホークがモールの南の入り口から出て来た。通りがかりにヴィニイに頷き、歩き続けた。ヴィニイがトランクを開けて散弾銃を入れ、トランクを閉じてカムリに乗り込み、走り去った。ホークが停めてある彼のジャガーを通り過ぎて、私のほうへ歩き続けた。

私は待った。

私のそばに来ると、立ち止まり、これまで見たことがないような表情で私を見ていた。

やがて、ホークが言った、「終わった」

「ブーツは死んだ」私が言った。

「そうだ」

「銃声が聞こえなかったな」

「撃ち合いはなかった」ホークが言った。

61

「それで、その後、どうなったの？」スーザンが言った。

「おれたちはそれぞれの車に乗り、走り去った。おれはここに来た。ホークがどこへ行ったか、おれは知らない」

「なにがあったか、彼に訊かなかったのね」

「そうだ」

「そして、ヴィニイ、ホークが出て来るのを見ると、一言も言わないでただ走り去った」

「そうだ」

「だから、あなたたちのどちらも、中でなにがあったか知らない」

「ブーツは死んだ」私が言った。

「でも、知っているのはそれだけね」

「大事なのはそれだけだ」

私たちは、衣類を脱いで一緒にベッドに入っていた。スーザンは私の上に横たわり、顔が私の顔から六インチくらい離れていた。

「いずれ彼に訊くつもりはあるの？」彼女が言った。

「たぶん、訊かないだろう」

彼女は、私がたった今、彼女が長い間抱いていた疑念を裏付けたかのように、ゆっくりと頷いた。

「たぶん、訊かないわね」彼女が言った。

彼女が唇を動かしながらちょっと体の位置を変えた。

「おれは考えを集中するのにちょっと苦労している」私が言った。

「ほんとに？」

「なぜだか、訊かないのか？」

「判っているような気がする」彼女が言い、私に激しく接吻した。

判っているようだ、と私は思った。

ホークが主役だっていいじゃないか

ミステリ研究家
小山　正

まいった。今さら何を書けばいいのだ。本書『冷たい銃声』はシリーズ三十二作目。E・S・ガードナーの『ペリー・メイスン』の長篇八十二作、『男はつらいよ』の全四十八作には及ばないものの、私立探偵スペンサーの世界は数多くの後書きや解説、しかも先日刊行された『ロバート・B・パーカー読本』において語りつくされているではないか。

……と思いきや。

実はこの原稿を依頼されたとき、密かに俺はほくそ笑んだ。俺のような偏屈なパーカー・ファンにとって、この『冷たい銃声』のエピソードは、実は格好の産物なのだ。なぜなら本書は、シリーズのなかでも異色中の異色作。なにしろ、天下無敵のホークがやられちゃうのである。おいおい、お前は死んでも死なない男ではなかったのか！　銃弾の方が恐れをなしてヒョイと曲がってしまうはずではなかったのか！　犯罪に関わる仕事の手際のよさとプロ根性なら誰にも負けず、クールなファッションで周囲を圧倒し、最高級車を操りながら、華麗に拳銃を撃ちまくるホークが（しかも若き日はアフロ・ヘアー！　ワオ！）、今回に限って三発の銃弾を背中に撃ち込まれるなんて……。なんだか悪い夢を見させられているようだ。いや、そうなのだ、これは夢なのだ。夢じゃ、夢じゃ。が、しかし。時として悪夢は快感を誘う。かつてハヤカワ文庫から出ていたロバート・ブロックの短編集のタイトルはナンだっけ？　そう『楽しい悪夢』だ。

依頼人の賭け屋一家の護衛中に背中を撃たれ、瀕死の重傷を負ったホークは、生死をさまよった末に、奇跡的に命を取り留める。スペンサーや友人たちに見守られながら、長く辛いリハビリと執念の肉体トレーニングを続ける彼は、次第に体力を回復、ついに〈不死身のホーク〉として甦った。そして、スペンサーたちの協力を得ることで、事件の収拾と綿密な復讐計画を遂行してゆく……。

脇役が主役に取って代わる――これは、例えば「ムーミン」ならばスナフキンが主役となり、「ドラえもん」ならばジャイアンが主役となる倒錯的な世界だ。実在のミステリで例をあげるならば、『エラリィ・クィーン警視自身の事件』や、人気TVドラマ「相棒」から生まれた『鑑識・米沢守の事件簿』がそれにあたる。本書『冷たい銃声』も、スペンサーの一人称で語られてはいるものの、ホーク自身が災難に巻き込まれたからこそ、彼が

「主役」の楽しい悪夢の物語となった。いずれにせよ、珍重すべき怪作といえるだろう。

しかし考えてみれば、ホークが主役を務めるエピソードは今に始まったわけではない。かつて、一九八五年から八八年にかけ、アメリカのABCテレビで六十六話が製作された人気ドラマ、ロバート・ユーリック主演の『私立探偵スペンサー』という番組があった。小説版のスペンサーとはだいぶ趣の違う作品だったが、原作者パーカー自身が監修と一部オリジナル脚本を担当していたこともあって、ファンにとってはかなり気になる映像化だった。

特に目立ったのが、この時ホークを演じた「お目々ぱっちりの黒人俳優」エイヴリー・ブルックスの存在である。一見、かわいらしい顔立ちで「えっ、こいつがホーク!?」とファンの不安をかきたてたが、動き始めるとなかなかどうして原作通りのストイックでスタイリッシュなホークに見えてきて、かっこいい。誰もがそう思ったようで人気が爆発、ついには、一九八九年、彼を単独主役にした『ホークと呼ばれた男』というスピンオフのテレビシリーズまで生まれてしまった。

このスピンオフでは、ホークが「オールド・マン」と名乗る謎の上司とともにワシントンDCで起きる事件に挑むハードボイルドアクション、という設定で、ここでは小説では描かれていないホークの秘められた過去が明かされていた。なんと彼は、ワシントンDC出身で、ベトナム戦争の経験者で、おまけにジャズピアノが得意（！）なんだそうだ。

原典ではさんざん謎めいたキャラクターにしたててファンをあおっておきながら、テレビではちゃっかりわかりやすいキャラづくりをみせちゃうって……。またしても原作者パーカーの監修で、オリジナル脚本も（夫婦で仲良く）書いているっていうのだから、お茶目というかさばけているというか。

ところで、日本ではドラマ『私立探偵スペンサー』シリーズは全体の四分の一程度しか放送されなかったにもかかわらず、『ホークと呼ばれた男』は全十三話がしっかりと放送された。しかし、なぜか、関西だけでの放映。だが、一九九二年のわが国でのOAを観たという人の話を聞いたことがなく、細かいエピソードや日本語タイトルなど、詳しい情報はほとんどなかった。

こう見えても俺は、わが国のミステリ映像史に関しては、その道の第一人者をめざしている。その俺に知らないことがあってはならない。とはいえ、『ロバート・B・パーカー読本』では、ついわけしり風に書いてしまった（読本の二六五頁参照）。しかし今回は本編の解説なのだ。せめて、全十三話それぞれの日本版放送タイトルくらいはおさえておかねば、ホークに顔向けができない。

ところが、肝心の番組のデータは、「一九九二年・毎日放送」というだけで、それ以上のデータはいくら探しても、インターネットでも書籍資料でもまったくひっかかってこない。毎日放送に尋ねることも考えたが、時間が経っているので、すぐに情報が出てくるなんてことは経験上ありえない。ということは、当時の新聞のテレビ欄やテレビ雑誌をあさるしかないのだ。

かくして俺は、わが国最大の情報収集機関の資料庫――国会図書館に出向いたのである。手掛かりは九二年関西で放送、というだけ。とりあえず、関西版のテレビ雑誌をとりよせることにした。

「すみません、一九九二年の雑誌『TVガイド／関西版』を見たいんですが」

「収蔵されておりません」

「えっ……あ、じゃあ、九二年の『TVブロス関西版』を」

「九二年はほとんど欠本ですね」

「だったら、『ザ・テレビジョン』は!?」

「あります」

ようやく俺の目の前に大量の雑誌が積まれた。月ごとに合本された『ザ・テレビジョン／関西版』、高さは約六〇センチである。これを一月から順にめくっていった。

一九九二年といえばトレンディドラマの最盛期だ。「東京ラブストーリー」のグラビアなぞもあり、つい懐かしくて読みふけってしまう。なかなか雑誌の山は減らず、崩れ落ちそうになる。しかし、『冷たい銃声』で撃たれたホークのがんばりを思えば、ここであきらめるわけにはいかない。

ようやく七月にたどりつき、俺の目はある箇所に吸い付けられた。あった！

新番組『ホークと呼ばれた男』第一話「帰ってきたホーク」。

七月九日木曜日、深夜二十六時十五分から二十七時十分まで。


以降、全十三話中十一話分のエピソードタイトルがわかった。しかし、なぜか八月六日と十三日放映分のサブタイトルは記載されていなかった。

こうなったら、当日のテレビ欄をチェックするしかない。俺は新聞資料室に駆け込み、当時の新聞の閲覧を申し込んだ。すると、小さな箱に入ったマイクロフィルムがそっと差し出された。これを機械に装着。がらがらとフィルムをまわしてめざす日のテレビ欄にたどりつく。よし、あった、この日だ！　が、そこにはサブタイトルはなかった。

やはり二日分のサブタイトルが抜けている。しかし、ここであきらめてはいけない。今度は別の新聞を取り寄せ、またチェック。おお、今度はちゃんと記してあるぞ。これで全十三話の日本語タイトルは埋まった！　でも、原題とかなり違うのもあるし、放送順もバラバラだ。やっぱり放送をチェックしないとダメだなあ――。

と、いうわけで以下に挙げるのは、日本名サブタイトルを暫定的に記した『ホークという名の男』の放映リストである。ただし、邦題は分かっても、なぜかエピソードと合致できないケースもあり、まだ謎は多い。したがって全部が正しいとは限らない。あくまで、初書誌ということでお許しいただきたい。番組をごらんになったコアなファンの方、間違いや訂正があればぜひお知らせください。

TVドラマ「ホークと呼ばれた男」A Man Called Hawk
一九八九年／六〇分／TVシリーズ・全十三話／アメリカABC－TV
本邦は毎日放送でOA。一九九二年七月九日（木）深夜二十六時十五分より
主演　エイヴリー・ブルックス（ホーク）、モーゼス・ガン（オールド・マン）
※以下のエピソードはアメリカでの放送順。
※日本での放映順は、本国での放映順ではない。
※ソフトなし。

●第一話 The Master's Mirror「帰ってきたホーク」（日本放映七月九日）
監督　ヴァージル・ヴォーゲル／**脚本**　スティーヴン・ハッタマン／**ゲストスター**　アンジェラ・バセット、ヴォンディ・カーティス＝ホール
故郷ワシントンDCに帰ってきたホークは、ベトナム戦争時代の上司エドワード・ストーラー大佐の依頼を受け、戦友のデヴィッド・トラクトンを探すことになる。どうやらトラクトンは、現在、殺人マシーンと化して潜伏中らしい。アンジェラ・バセットが高校の教師かつホークの恋人役で登場する。

●第二話 A Time and a Place「孤独な戦士たち」（？）（八月十九日？）
監督　ウィンリック・コルベ／**脚本**　ウィリアム・ロバート・イエーツ、スティーヴン・ハッタマン／**ゲストスター**　アンソニー・ラパグリア
殺人に関わった警察官とホークとの闘いを描いたエピソード。

●第三話 Hear No Evil「語らない目撃者」（七月十六日）
監督 スタン・レイサン／脚本 ウィリアム・ロバート・イエーツ／ゲストスター チャールズ・S・ダットン、ロレイン・トゥーサント
ホークは、殺人を目撃した聴覚障害の学生と彼のルームメイトを護衛する仕事を務める。

●第四話 Passing the Bar「神の恵みを」（?）（八月五日?）
監督 ビル・デューク／脚本 ジェローム・クーパースミス／ゲストスター アール・ハイマン
殺人の容疑者を弁護する年老いた弁護士を、ホークは守らねばならない。

●第五話 The Divided Child「親子の絆」（?）（八月十二日?）
監督 ビル・デューク／脚本 カールトン・イーストレイク／ゲストスター マリー・マクドネル、ジェームズ・マクダニエル
ホークは、息子を誘拐された家族の警護役に雇われるが……。

●第六話 Vendetta「復讐に燃えて」（七月二十九日）
監督 ジクムンド・ニューヘルド・ジュニア／脚本 ジェイソン・スタークス／ゲストスター キース・デイヴィッド、デルロイ・リンボ
トラブルに巻き込まれた従兄弟を救うホーク。

●第七話 Choice of Chance「巻き込まれた一家」（七月二十二日）
監督 ヴァージル・ヴォーゲル／脚本 L・トラヴィス・クラーク、スティーヴ・ダンカン／ゲストスター ウェズリー・スナイプス、ジョー・モートン
犯罪証人が狙われ、隣に住んでいた家族も巻き添えになる。ホークはどうするか？

●第八話 Poison「外交特権」（?）（九月十六日?）
監督 ハリー・フォーク／脚本 ジョウン・H・パーカー、ロバート・B・パーカー／ゲストスター

ウィリアム・フィクトナー、ジョゼフ・C・フィリップス

毒入りヘロインの謎を追うホーク。

●第九話　Never My Love「旅出ちの時」（？）（九月九日？）

監督　ヴァージル・ヴォーゲル／**脚本**　L・トラヴィス・クラーク、スティーヴ・ダンカン／**ゲストスター**　アンジェラ・バセット、ウェンデル・ピアース

暴力的な二人の兄弟の一人が起こした事件に関わったホーク。

●第十話　Intensive Care「最高の報酬」（？）（十月二十一日？）

監督　ヴァージル・ヴォーゲル／**脚本**　カールトン・イーストレイク／**ゲストスター**　サミュエル・L・ジャクスン

武装した男たちに乗っ取られた病院から、ホークはどう脱出するか？

●第十一話　If Memory Serves「金塊の行方」（十月八日）

監督　マリオ・デ・レオ／**脚本**　ジェイソン・スタークス／**ゲストスター**　ネイサン・ジョージ

ブードゥー教の呪いに関わる事件から、ハイチ人の歴史家を守るホーク。

●第十二話　Beautiful Are the Stars「ダイヤに隠された罠」（十月十五日）

監督　ヴァージル・ヴォーゲル／**脚本**　スティーヴ・ダンカン他／**ゲストスター**　クリス・ノス、カレン・マリーナ・ホワイト

南アフリカのダイヤモンドをめぐって、ホークは殺人者と対決する。

●第十三話　Life after Death「生き続ける魂」（九月二十四日）

監督　ハリー・フォーク／**脚本**　トマス・ハギンズ、シャーロット・クレイ／**ゲストスター**　トーマス・ハーンズ、ポール・ギルフォイル

妊娠中のガールフレンドを撃ったとされた青年の

容疑をホークが救う。

俺は未見だが、第八話はパーカー自身による書き下ろしのようだ。オリジナルのエピソードだけに、ホークがどう描かれているかが、大変興味深い。

話は本書『冷たい銃声』に戻るが、長年のファンからすれば、ホークが病院のベッドに横たわる姿など信じられないだろう（スペンサー自身も、生気のない病床のホークを前に衝撃を受けているふしがある）が、しかし、プロの誇りを傷つけられたホークの自己回復の過程のなかに、今まで描かれたことのないホークの人間的な一面も垣間見られ、やっぱり興味のつきない作品だと思う。

本書はスペンサー・シリーズの「キャノン（正典）」の一本として長く語り継がれていくだろう。けれども、視点を変えてみれば、ホークらしくないホークが描かれているという点において純粋な「キャノン」として扱うのではなく、ＴＶドラマ『ホークと呼ばれた男』と同系列の番外篇として、特異な位置を占める異色作と呼べるのではないだろうか。

主要参考サイト

The Internet Movie Database　http://www.imdb.com

TV.com　http://www.tv.com

本書は、二〇〇五年十二月に早川書房より単行本として刊行された作品を文庫化したものです。

訳者略歴　英米文学翻訳家　訳書『影に潜む』『背信』『ガンマンの伝説』パーカー，『烈風』『勝利』フランシス（以上早川書房刊）他多数

HM=Hayakawa Mystery
SF=Science Fiction
JA=Japanese Author
NV=Novel
NF=Nonfiction
FT=Fantasy

冷《つめ》たい銃声《じゅうせい》

〈HM⑪-49〉

二〇〇九年五月十五日　発行
二〇一一年二月十五日　二刷

（定価はカバーに表示してあります）

著者　ロバート・B・パーカー
訳者　菊池光《きくちみつ》
発行者　早川浩
発行所　株式会社早川書房

郵便番号　一〇一 - 〇〇四六
東京都千代田区神田多町二ノ二
電話　〇三 - 三二五二 - 三一一一（大代表）
振替　〇〇一六〇 - 三 - 四七七九九
http://www.hayakawa-online.co.jp

乱丁・落丁本は小社制作部宛お送り下さい。
送料小社負担にてお取りかえいたします。

印刷・株式会社亨有堂印刷所　製本・株式会社明光社
Printed and bound in Japan
ISBN978-4-15-075699-4 C0197

＊本書は活字が大きく読みやすい〈トールサイズ〉です